帝王決

四 操縱天下

水鵬程◎著

目錄 CONTENTS

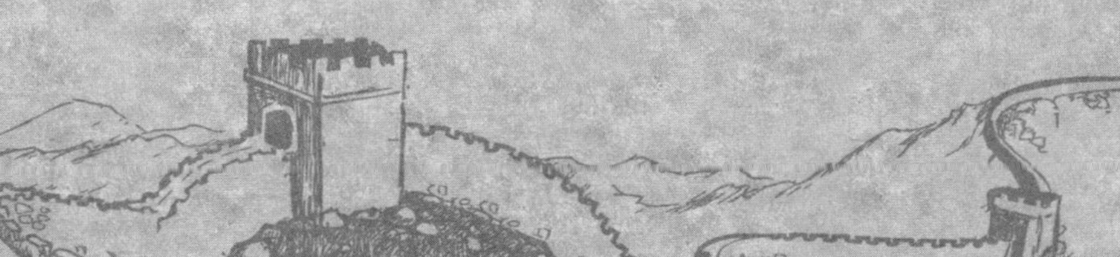

第一章

大晉敕書

晉使從包袱裹掏出一個卷軸來，交到晉使的手中。

晉使接過卷軸，雙手捧著，舉到唐一明面前，道：

「晉平東將軍諸葛攸受天子之命特來呈現敕書，

望唐將軍收下！」

「敕書？」唐一明心中疑惑不解，扭頭看了一下王猛。

「孫虎！你過來！」李國柱向孫虎叫道。

叫孫虎的男孩正在過獨木橋，忽然聽見李國柱叫他，便在過完獨木橋後，跑到李國柱面前。

「軍長！你叫我？」孫虎向李國柱敬了個軍禮，問道。

李國柱點點頭，道：「聽說你拳腳功夫不錯，今天就和我比試比試吧！」

孫虎怔了一下，見李國柱弱不禁風的樣子，臉上露出難色，道：「軍長，你……你要和我比試？」

「怎麼？你怕了？」李國柱問。

孫虎點點頭道：「我是有點怕。」

李國柱拍了一下孫虎的肩膀，鼓勵道：「怕什麼，我不是教過你們嗎，要勇敢向前，你怎麼那麼膽小？你放心，我會手下留情的。」

孫虎搖搖頭道：「軍長，我不是膽小，我是怕一會兒把你弄傷了。」

李國柱聽到孫虎這番話，不禁哈哈大笑起來，說道：「我從軍沒有幾年，但是好歹上陣殺過敵，你一個小孩子，就算厲害，能厲害得過胡人嗎？我不怕受傷，你儘管放開了和我打。」

唐一明站在離他們兩個人不遠的地方，聽到兩人的對話，見孫虎身形單薄，面貌也平平無奇，絲毫看不出有什麼厲害的，便走向前道：「你們兩個都使出全力來，讓我看看誰比較厲害。孫虎，如果你能打敗李軍長，我就把你直接調離童子軍，從此跟在我的身邊做一名衛兵，怎麼樣？」

孫虎聽了，臉上露出孩子般的笑容，道：「主公，你說的都是真的嗎？」

李國柱喝斥道：「主公的話自然假不了，不過前提是你必須先擊敗我！」

孫虎重重地點了點頭，滿心歡喜地道：「主公，我早就在童子軍裏待膩了，那些孩子沒有一個是我的對手，今天就看我的吧，我一定要打倒李軍長。」

唐一明呵呵笑道：「好，有骨氣，那你們就開始吧。」

孫虎和李國柱便各自分開，擺出對戰姿勢。

唐一明提醒道：「記得點到即止，不能刻意去傷害對方，你們是在切磋，不是上陣殺敵，懂嗎？」

「知道了，主公！」兩人同時回答。

唐一明站在一邊，緊盯著孫虎和李國柱的比試。

就在這時，突然一滴水滴到唐一明的額頭上，唐一明伸手摸了一下，然後抬起頭看著陰沉沉的天空，又有許多水滴到唐一明的臉上。

「下雨了?!太好了，這是三個月來下的第一場雨，再不下的話，大地真的乾得不成樣子了。」唐一明高興地說道。

雨越來越大，越來越快，不一會兒時間，已經變得很密集，就彷彿是有人拿著水管用噴得一樣。

「下雨了！大家都回去吧，今天暫時訓練到此！全體解散！」唐一明對訓練場上的童子軍大聲喊道。

童子軍們聽到解散命令，都一哄而散，手舞足蹈地站在雨中，接受大雨的洗禮，顯得甚是歡快。

「喂！下雨了，不比了，都回去吧！」唐一明對李國柱和孫虎

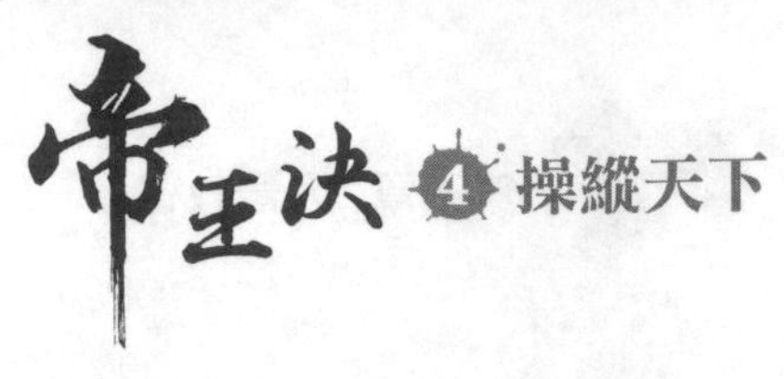

喊道。

沒想到的是，孫虎和李國柱竟然同時答道：「不，要比，好不容易下雨了，今天正好趁著這場大雨比試比試。」

話音剛落，便見李國柱率先揮出拳頭。孫虎見李國柱的拳頭揮了過來，本能地躲開，然後快速移動到李國柱身側，抬起右腿便是猛地一個側踢，朝李國柱的面門踢去。

李國柱急忙舉起雙臂擋住孫虎的一記側踢，卻感到雙臂隱隱作痛，心中暗想：「這孫虎看似瘦弱，怎麼這一腳竟有如此大的威力？看來我得小心應付才是。」

在滂沱的大雨中，你攻我防，兩個人不知不覺便已經過了二十多招。

孫虎的靈敏和拳腳功夫讓唐一明大吃一驚，萬萬沒想到孫虎看似貌不驚人，拳腳功夫竟然如此厲害，二十招盡皆是孫虎在攻擊，李國柱在防守。

「孫虎如此小的年紀就這樣深藏不露，他日更是不可限量啊。」唐一明暗讚道。

李國柱此時已經被孫虎逼得無法還手，只能勉強抵抗。

大雨像傾盆倒下的一樣，很快，訓練場已經形成一片沼澤，唐一明全身被雨水淋濕，卻沒有走開，仍然靜靜地盯著打鬥的兩個人。

「下雨了！下雨了！」

民眾紛紛從屋裏走出來，站在門前雙手朝天，歡快地呼喊著，接受著大雨的沖刷，將這幾個月來所忍受的高溫酷暑一應沖刷掉。

「啊……」

李國柱大叫一聲，緊接著撲通一聲，李國柱倒在訓練場上的泥潭裏，弄得渾身污泥。

唐一明急忙上去將李國柱扶起來，關心地問道：「你沒有事吧？」

李國柱搖了搖濕漉漉的腦袋，笑道：「主公，我沒事！」

孫虎此時也跑過來，叫道：「李軍長，沒有踢疼你吧？」

李國柱豎起大拇指，道：「孫虎，好樣的，沒有想到你這麼厲害，我輸給你了。」

孫虎露出靦腆的笑容，憨笑道：「其實是軍長故意讓我的，我並沒有打敗軍長。」

「我可沒有讓你，我連吃奶的勁都使出來了。是你手下留情才對，不然的話，我早被你給踢飛了。」李國柱如實說道。

唐一明一把攬住兩人的肩膀，大笑道：「哈哈，都是好樣的，這裏已經成泥潭了，咱們到別處去吧。」

剛走出沒幾步，三個人同時聽到「轟隆」一聲。

這聲音很是巨大，三人還沒有辨別聲音傳來的方位，緊接著又是「轟隆」一聲巨響。

「主公，你看！」孫虎指著泰山北側的一片森林大叫道。

唐一明放眼看去，卻看見驚心動魄的一幕：泰山北側一處懸崖瞬間坍塌了下來，連同山上滾落的雨水一起形成一股滑坡的土石流，正呼嘯著向山下的森林裏滾去。

唐一明看看四周，見訓練場上都是泥水，下面又是一處低坡，急忙喊道：「糟糕，這裏很危險，快走！」

他喊完，便急忙拉著李國柱和孫虎兩人向前跑去。

「轟隆！」

三人剛從訓練場跑出來，身後便傳來一聲巨響，剛才如同澤國的訓練場瞬間坍塌。

「好險！」唐一明長吐了口氣，心有餘悸地說道。

大雨絲毫沒有停止，反而下得更加猛烈了，唐一明眼前形成了一道道的雨簾，能見度不足一米。

「快離開這裏，朝新建的住屋群走，那裏是平臺，比較安全！」唐一明喊道。

三人快步向前跑去，路過有人的地方，便讓這些人盡速撤離，總算退到建造的房屋那裏。

大雨仍然一直在下，彷彿天空開了一個巨大的口子，對準大地就是一陣猛烈地灌溉。

從他穿越來到這裡，還從未見過一滴雨。在烈日驕陽的照射下，河水的水位下降，露出了平常十分難見的河床，大地也跟著龜裂，各地都是大旱，莊稼也顆粒無收。

兵荒馬亂的世界，本來百姓就生存艱難，再加上大旱，致使許多百姓沒有飯吃，不是餓死，就是或者聚眾山林，落草為寇，或者被迫參軍。

好不容易在唐一明的發展和奮鬥下，將泰山經營得有聲有色，又解除了周邊的威脅，並且將各地的難民帶到泰山，如今山上有百姓三十三萬，正規軍三萬，童子軍一萬，呈現出一派欣欣向榮的景象。

現在久旱逢甘霖，本該是件高興的事，可是山體滑坡造成土石流，引發山洪，讓唐一明和所有泰山上的居民都高興不起來。

唐一明慶幸說：「若不是這裏地勢平坦，周圍沒有鬆軟的泥土和容易滑坡的高地，否則肯定也會承受不住的，真是幸運啊。」

「一場突如其來的大雨，竟引發如此大的山洪，大自然的威力果然不可小覷，如果要想永久在此居住，就一定要興建必要的水利疏導設施，只有這樣，才不用再擔心發生山洪爆發。」唐一明腦中想道。

到了將軍府，唐一明脫去身上濕透的上衣，朝後堂走去。

李蕊見到他回來，急忙迎了上來。

「老公，你沒事吧？」

唐一明點點頭道：「這麼久沒有下雨，老天爺可真會開玩笑，一下就下這麼大，照這勢頭，恐怕大雨要持續到明天了。好在咱們這裏地勢平坦，周圍沒有什麼滑坡的地方，不然也很危險。」

李蕊脫去唐一明身上的濕衣服，說道：「老公，我打了清水來，你洗洗身體吧！」

唐一明見李蕊身上也濕濕的，衣服貼在她的身上，將她玲瓏的曲線盡皆展現出來。他嘿嘿一笑，將李蕊的衣服也給脫光，說：「老婆，咱們一起洗。」

李蕊和唐一明已經是親密無間了，彼此之間也沒有什麼好顧忌的，兩人便互相用水為對方清洗身體。

洗完，兩人相互依偎著坐在床邊。李蕊頭靠在唐一明的肩膀上，臉上散發出幸福的笑容，說：「老公，我告訴你一件事。」

唐一明道：「什麼事啊？我洗耳恭聽。」

李蕊將唐一明的頭拉到她的腹部，一臉喜悅地說道：「老公，你聽！」

唐一明耳朵貼在李蕊的腹部上，雙手環住李蕊的腰，驚喜地問道：「老婆，你是不是有了？」

李蕊羞澀地點點頭。唐一明高興地將李蕊抱起來轉了幾個圈，大聲喊道：「太好了，我要當爸爸了。」

唐一明將李蕊放下來，捧著李蕊的臉龐，柔聲道：「老婆，這是什麼時候的事？多久啦？」

李蕊伸出一根手指頭，笑道：「一個月了。」

唐一明此時的心情難以言喻，李蕊懷孕，就表示再過八九個月他就要當爸爸了，初為人父，那種開心的程度更是無法掩飾。

唐一明低下頭，將嘴唇貼在李蕊的紅唇上，將她緊緊抱在懷裏深情地吻著，雙手在李蕊身上不停地遊走，觸摸她身上每個敏感的部位，再度激起李蕊內心的渴望……

雨到第二天中午，才逐漸變小，天空中的烏雲盡數散去，迎來的是一個晴朗明亮的天空。說也奇怪，這場雨下過之後，天氣陡然轉涼，沒有往日的那種酷熱。

大雨停止後，唐一明便召集民眾組成工程隊，他將眾人分工，有人攪拌水泥，有人打磨石頭，有人負責開溝挖渠，開始了對泰山的改造工程。

唐一明又讓王猛招募一些人，建了一個窯場，專門燒製磚頭，用來加固木屋。畢竟木屋總抵不上青磚紅瓦建造的屋子，沒有那麼堅固。

除了興修一些水利工程外，唐一明還修建了從山下到山上的階梯，又在他們所住的建築群的外圍加上一道水泥圍牆，建造成如同城堡一樣的堅固大城。如此大的工程，足讓泰山上的民眾忙活許久。

與此同時，農業局長王勇多次進山勘探，從山裏帶回大批可以移植的果樹，有蘋果、梨、桃等，彌補山上糧食的不足。

將軍府裏。

唐一明對坐在對面的王猛說道：「軍師，今天是中秋節，大家都累了好幾天，一會兒你傳令下去，讓所有的人都歇息一天。」

王猛聽了，問道：「主公，八月節拜月神，這是古之常禮，不過，為什麼要所有的人都要休息一天？」

唐一明笑道：「中秋賞月，吃月餅，觀花燈，這是傳統節日啊。在我們那裏，都要放假的。」

王猛點頭道：「嗯，我會按照主公的命令吩咐下去的。主公，南朝還沒有回音嗎？」

「沒有！燕國如果公然稱帝，絕對會惹怒晉朝，按理說晉朝不會坐視不管，更不會讓燕國在中原獨尊，可是，這麼多天過去了，還是沒有聽到回音。」唐一明搖搖頭道。

王猛道：「主公大張旗鼓地進行改造，讓泰山更是穩固，但如果晉朝真的不北伐，看著燕國坐大獨尊中原，主公又有何打算？」

唐一明老神在在地道：「不怕！我現在有炸藥，就算來個十萬八萬的軍隊，也能盡數收拾。只是咱們兵力太少，如果出去佔領州郡的話，兵力就會分散，不一定能抵擋住敵人的大軍進攻。我現在的打算是，先在泰山上靜觀其變，養精蓄銳，以待時機。據關二牛

帶回來的情報，燕軍深溝高壘，將廣固城圍了個水泄不通，看來是準備進行持久戰；加上日前的暴雨，相信也會拖慢燕軍攻打廣固的速度，我想等到段龕被燕軍消滅之後再行動。俗話說，殺敵一萬，自損八千，燕軍去攻打段龕，兵力也會有所損失，到那時候我軍再乘勢而出攻伐燕軍，必然能夠取得一次勝利。」

「主公考慮深遠，我之不足也。主公，那屬下這就去將命令傳達下去，讓山上的軍民休息一日。」王猛道。

唐一明道：「咱們就等候晉朝回音。如果晉朝北伐，我軍可趁著晉軍北伐，派出一支勁旅出擊遠一點的郡縣，也可以起到威脅燕軍的作用。」

「嗯，不過慕容恪攻打段龕只帶了十萬軍隊，將剩餘的兵馬全部屯在濟南城，看來是對我們早有防備。我軍攻擊段龕他管不著，如果騷擾燕軍的話，只怕濟南城的軍隊就會出動了。主公，這幾萬軍隊，主公不可不防啊！」王猛提醒道。

唐一明點點頭道：「軍師放心，我心中有數。」

王猛走後，唐一明走進後堂，看到正在穿針引線的李蕊，關心地道：「老婆，我不是說過嗎，你現在有身孕，這些活就不要做了，免得動了胎氣。」

李蕊將手中的針線放下，說道：「老公，我才懷孕一個月，還沒有到幹不了活的地步，何況針線活又不是什麼重活，我如何做不得？如果我成天什麼都不做，一直坐在那裏發呆，以後真的成了呆子怎麼辦？」

唐一明第一次當父親，總以為孕婦什麼都不能做，不僅取消了李蕊的警衛營的營長職務，還什麼事都不讓她做，確實有點太過了。

李蕊道：「老公，我準備給你做一套秋裝，天氣漸漸轉涼了，你身上的夏裝已經不適合了。」

「秋裝？秋天過去就是冬天，可是現在山上還沒有一個人有過冬的衣服，如果冬天真的來了，沒有冬衣，那這三十幾萬人豈不都得凍死了嗎？不行，我得想想辦法，弄點過冬穿的衣服來。」唐一明自言自語地道。

李蕊笑道：「老公，其實不難，只要有棉花和布料就能做出棉

衣來。」

「可是布料我都拿去做軍裝了，剩下的也不夠三十幾萬人穿的啊。倉庫裏除了糧食還是糧食，根本沒有棉花……嗯，不如到晉朝或者燕國購買棉花？」唐一明做出大膽的設想。

「主公！主公！」

唐一明正想時，便聽到孫虎氣喘吁吁地大聲喊道：「主公，趙六……趙六營長派人來稟報，說……說晉使……晉使到了！」

唐一明大喜，道：「太好了，終於來了！」

晉使到來，是個令唐一明喜悅的消息，他苦苦等候了一個月，日盼夜盼，終於把晉使給盼來了。

在他的想法，晉使的到來，就意味著晉朝要北伐。晉軍北伐，最大的獲利者當屬唐一明，晉朝的北伐大軍可以完全牽制住燕軍，他就可以乘機向兗州的郡縣發起進攻，消滅降服那些割據在兗州的勢力，進一步壯大自己。

唐一明當即召集幾名文武，與他一起出迎晉使。

到了泰山南麓，唐一明急忙問趙六：「晉使何在？」

趙六敬了個軍禮，回道：「主公，晉使在山坡上的碉堡裏歇息。」

唐一明急忙翻身下馬，朝山坡上走去。

一進碉堡，映入眼簾的是三個穿著十分得體的男子。一個三十多歲，兩個二十多歲，三十多歲的那個看起來像是頭領，面白無鬚，身材微胖。

「哪位是晉使？」唐一明問道。

果然，那個三十多歲的男子站了起來，拱手道：「我是晉使，不知道來者何人？」

這時趙六擠了進來，指著唐一明道：「他就是我家主公。」

晉使看了看唐一明，見他端莊威武，相貌端正，心中暗道：果然有大將之風！便問道：「可是魏國遺臣車騎將軍唐一明嗎？」

「正是在下！」唐一明回道。

晉使攤開右手，他後面的漢子便從背上解下包袱，從包袱裏掏出一個卷軸來，交到晉使的手中。

晉使接過卷軸，雙手捧著，舉到唐一明面前，道：「晉平東將軍諸葛攸受天子之命特來呈現敕書，望唐將軍收下！」

「敕書？」唐一明心中疑惑不解，扭頭看了一下王猛。

王猛小聲說道：「主公，先拿過來看看再說。」

唐一明點點頭，從諸葛攸手中接過敕書。

打開後，唐一明看到一堆密密麻麻、龍飛鳳舞的毛筆小字。他一看見這樣的字就頭疼，暗罵道：「晉朝皇帝的字怎麼那麼潦草，還不如我寫的字呢！這樣的人也能當皇帝？」便將敕書順手遞給身旁的王猛。

諸葛攸見唐一明竟然將敕書交給王猛，心中略有不喜，眉頭緊皺著，想道：「這唐一明也太無禮了，竟然將天子敕書隨便交給手下看，看來是佔據泰山久了，有點流寇氣息！」

王猛看完敕書後，臉上沒有任何表情，對諸葛攸說道：「晉使稍微在此休息一下，我和主公去去就來！」

唐一明聽王猛如此說，知道王猛有些話不想當著諸葛攸的面說，便向諸葛攸拱拱手道：「請稍待，我去去就回。趙六，給晉使倒上一碗水，好生伺候著。」

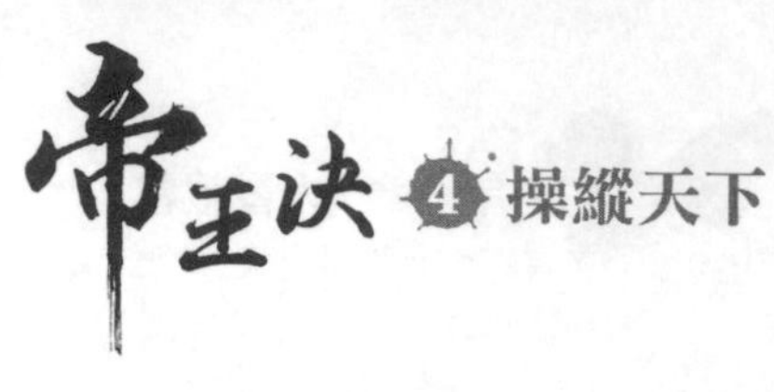

諸葛攸淡淡說道：「請便！」

唐一明和王猛走出碉堡，唐一明立即問道：「軍師，你是不是有什麼話要說？」

王猛環顧四周，見沒什麼人，小聲說道：「主公，晉朝如此做法，未免有失大國風範，我軍雖是冉魏遺臣，卻沒有說是晉朝臣屬，而晉朝仗著國大勢強，竟凌駕我軍頭上，公然下敕命書，讓我軍接受晉朝敕命為其賣力。此等敕命書，接與不接，屬下無法斷定，只能請主公出來商議。」

唐一明聽後，問道：「上面到底寫了什麼？」

王猛道：「晉朝敕封你為鎮北將軍、魯國公，讓你率領泰山所部面南稱臣……還讓主公帶領軍隊佔領附近州郡，等待晉朝北伐大軍到來……並且將我軍當做北伐先鋒，為其掃平前線障礙；而且任命諸葛攸為泰山太守，統轄泰山郡縣，讓主公把泰山民眾盡皆交給他管轄，協助主公完成北伐大業！」

「哼！晉朝未免欺人太甚了吧？讓老子當北伐的先鋒，不是拿老子當炮灰嗎？還給老子來一個釜底抽薪之計，讓諸葛攸當泰山太

守，晉朝如此做法，實在令我太失望！」唐一明怒道。

王猛皺眉道：「主公，敕書上只提及晉軍北伐由殷浩主持，具體時間和出兵人數沒有提及，關二牛這些天深入淮南一帶打探消息，回報說晉軍準備起大軍三十萬進行北伐，安西將軍謝尚已經率軍進駐壽春，看來是準備向北突進攻打徐州了。主公，晉軍此次來勢凶猛，我軍不能不防。」

唐一明定了定神，道：「那軍師的意思呢？」

「嘿嘿，敕書上不是讓諸葛攸做泰山太守嗎？主公就讓他做泰山太守，表面上歸順晉朝，實際上仍然是我們自己管理，敕書也就成了廢紙一張。如此一來，晉朝不會侵犯我軍，我軍可以在晉朝大軍的前進過程中保存實力。何況，晉軍北伐，矛頭不一定就指向青州，現在燕軍和齊軍正在青州苦戰，我估計晉軍會先進軍中原，等到燕軍和齊軍打得差不多了，他們再發兵攻打青州。」王猛細細地分析道。

唐一明哈哈笑道：「軍師，你真是講到我心坎裏了，派出去的偵察兵除了監視燕軍和齊軍，另外也應該監視一下晉軍的動向。軍師，今天是中秋節，晉使來了，咱們應該款待款待才是。」

兩人商量完，便走進碉堡，表示願意接受敕命，並且將諸葛攸等人接到山上，先讓他們歇息一番，然後著手準備晚上的晚宴。

第二章

漁翁之利

唐一明讚道：
「晉軍無非是想等到燕軍和齊軍打得兩敗俱傷的時候再出兵，
好坐收漁翁之利。不過，燕軍可不是一般的隊伍，
慕容恪也不是一般的人物，
如果等到燕軍擊敗段龕的話，
慕容恪就能騰出手全力對付晉軍了。

夜幕拉下，月上枝頭，一輪明月高高地掛在夜空中。

將軍府中燈火通明，唐一明、李蕊坐在當首，下首的位置上，坐著晉使諸葛攸。

「來，大家舉杯，共同慶祝中秋佳節，為晉使接風洗塵！大家乾了此杯！」唐一明將手中的酒碗舉高，喊道。

諸葛攸見了面前這些款待他的酒肉，心中很是不爽，暗暗想道：「我堂堂大國使臣，你們應該隆重歡迎才是，迎接之禮簡陋就不說了，沒想到就連這酒宴也是如此簡陋，早知道我就不該來此。」

他心中雖然這樣想，但是好歹這裏是別人的地盤，他也不敢造次，只得端起酒杯與滿堂人等一起喝下第一杯酒。

喝過酒，大家吃水果的吃水果，吃肉的吃肉，十分隨興，一點也沒有禮節上的拘束。

諸葛攸看到這一幕，心道：「魏人野蠻粗魯，不講究禮節，此話一點都不假。」他心中鬱悶卻也無可奈何，只得一個人喝著悶酒。

唐一明走到諸葛攸面前，拱手道：「天使，這些酒肉還滿意不？」

唐一明之所以稱呼諸葛攸為天使，是因為晉朝向來以天朝自居，諸葛攸又是使臣，於是簡稱「天使」。

天使這個稱號源於秦朝，秦朝後便一直流傳到今天。天朝，其實是指統一全國的朝代，晉朝曾經統一過全國，是以朝臣和天子都以晉朝為天朝；可是到了這個時候，東晉偏安南方，北方混亂不堪，晉朝的王公大臣不解，仍然以天朝自居，不難看出東晉社會風氣的腐敗。

諸葛攸嫌棄說道：「酒無好酒，肉無好肉，宴也無好宴，談什麼滿意不滿意，湊合罷了。」

唐一明看出諸葛攸的傲慢，不以為意地道：「委屈天使了，泰山地少民薄，食物短缺，這些食物已經是我們平常吃不到的，也是我們用以招待貴客的。天使若不滿意的話，明日我便派人送天使下山，到廣固城走上一遭，那裏的酒鮮肉美，絕對符合天使的口味。」

「廣固？那不是段龕的地盤嗎？燕軍不是在和齊軍打仗嗎？唐將軍，你說這話是什麼意思？」諸葛攸怒道。

唐一明呵呵笑道：「沒什麼意思，只是順著天使的意思說說罷了。天使此來沒有帶兵嗎？」

「我走得急，未曾帶兵前來，只帶了兩員家將。」諸葛攸答道。

唐一明聽了，發出嘖嘖的聲音，搖搖頭道：

「哎呀，那可就糟糕了。天子敕書命我為鎮北將軍，統帥軍馬為北伐大軍前部先鋒，要我佔領周邊郡縣，等待北伐大軍的到來，可是你看這泰山上都是平民百姓，除了那幾千人馬外，就再也找不出來了。固步自封，有險可守，才令我在泰山站穩腳跟，可是一旦去攻略城池，只怕我這幾千人馬也不夠用啊，所以，在下想請天使寫封書信，讓天朝派兵前來助我；另外，泰山上的糧食也快用盡了，三十萬百姓嗷嗷待哺，一旦斷糧，恐怕會死傷累累，還希望天使在信中替我美言幾句，讓天朝支援一點糧食給我。」

諸葛攸冷笑一聲，道：「調兵之事還須向殷將軍請示，糧餉的事嘛……恐怕有點難辦。你也知道，今年大旱，天朝糧食收成銳減，為了籌集大軍北伐的糧草，已經將可以徵調的糧食都徵集了，弄得各地怨聲載道。還是殷將軍力挽狂瀾，一得到你派人送來的書信，便立刻下令北伐。其實，這都是為了將軍著想啊。我可以在信中提及，只是准與不准就看殷將軍的意思了。」

諸葛攸口中的殷將軍，便是這次北伐大軍的主持人，中軍將軍、征北大將軍殷浩。殷浩可是個歷史名人，也算是一個權臣。

唐一明聽完諸葛攸的話，心中知道他的要求晉軍不一定會答應，在這樣的亂世，一石糧食十兩金，可謂是珍貴得緊。便道：

「那唐某先謝過諸葛將軍了。」

諸葛攸道：「舉手之勞，將軍不必客氣。唐將軍，敕命書任命我為泰山太守，不知道咱們何時攻佔泰山郡？」

「哦，諸葛將軍要是想去的話，明日即可過去，我派兩名士兵護送你就是了。」唐一明道。

「泰山郡好歹也是個大郡，你只派兩個人隨我前去，那怎麼成？敕命上說了，讓你將泰山上的百姓全部交給我管轄，你帶著部

隊去攻城掠地，等待北伐大軍的到來。」諸葛攸口氣加重了說。

「那請問諸葛將軍，北伐大軍何時能到？」唐一明問。

諸葛攸估算了一下時間，說：「如果不出意外的話，下個月月初就能到達。」

「太慢了，泰山郡現在已經成了一座空城，就連周邊的郡縣也都是空城，佔與不佔已經沒有什麼區別了；不過，燕國的大軍就在附近，北邊是濟南城的數萬兵馬，西邊的兗州也被燕軍佔領，聽說也有幾萬兵馬。我們若是佔領了泰山郡，肯定會招引來燕軍，到時候大軍圍城，我拿什麼抵禦燕兵？」唐一明質問道。

諸葛攸支支吾吾地說：「這個……那個……可是……敕命書上寫得清清楚楚的啊？」

唐一明道：「諸葛將軍，你也是為將之人，可曾聽說過將在外，君令有所不受嗎？」

諸葛攸點點頭，道：「這個我自然知道，可是……」

「敕書上雖然寫得很清楚，可那是不知道這裏的實情，如果諸葛將軍執意要如此做，白白的送三十萬百姓入狼窩的話，那也就隨你了。不過，我可有言在先，若是燕軍來攻，諸葛將軍請自行與燕兵決戰，這其中的是是非非，我也會寫上奏摺呈報給天子的。」唐一明打斷諸葛攸的話，厲聲道。

諸葛攸聽了，暗想：「這裏好歹是唐一明的地盤，這敕命也不知道是誰的主意，竟然要將百姓全部交給我來管理，這無非是要釜底抽薪，怕再次出現段龕的事來；可是唐一明又不是傻子，又怎麼會看不出其中的險惡用心？他肯接受敕命書，就已經是對天朝的尊敬了，放到一般人身上，肯定會將敕命書撕得粉碎，難道……難道是有人故意要害我，特意讓我當使節，送敕命書給唐一明，想借刀殺人將我除去？」

諸葛攸越想心中越害怕，他是桓溫一手提拔的，卻左右搖擺，對殷浩也阿諛奉承。殷浩、桓溫一向便不和，暗中勾心鬥角，他此次歸殷浩指揮，別的差事不派，卻專門派他為使臣，而且敕書中的內容他一概不知，可見有鬼。

「是了，一定是殷浩那個老匹夫想害我，借機剝奪我的軍權，虧我還死乞白賴地去巴結他，沒想到這老匹夫心地竟如此惡毒！」

諸葛攸心中恨恨地將殷浩罵了一通。

「諸葛將軍，你考慮得怎麼樣？」唐一明問道。

諸葛攸急忙道：「哦，我考慮好了，唐將軍說得很對，我們應該堅守泰山，靜觀其變。這裏是唐將軍的地盤，將軍是主，我是客，雖然我被任命為泰山太守，將軍卻是鎮北將軍，在官階上要高出我許多，所以我仍舊是將軍的下屬，將軍以後有什麼事，儘管吩咐就是了，我一定會竭盡全力地輔佐將軍。」

唐一明聽諸葛攸前後說話的反差竟然如此大，搞不明白諸葛攸的心裏到底是怎麼想的，便淡淡地說：「好，諸葛將軍，那我們就一同振興泰山，共同禦敵，等待北伐大軍的到來。來，乾杯！」

「乾杯！」諸葛攸笑道。

晉軍北伐，中原局勢發生了很大轉變。

得知晉軍北伐消息的中原割據勢力，幾乎在同一時間內，對燕軍展開了猛烈的攻擊，致使燕軍被迫退守陳留、許昌、滎陽一帶，與中原割據勢力進入僵持階段。

八月十八日，燕國大將軍慕容恪擊敗段龕突圍部隊，斬殺一萬餘人，並且加緊了圍攻廣固的速度。濟南城的數萬燕軍也蠢蠢欲動，對泰山虎視眈眈。

八月十九日，燕帝慕容儁派慕容評帶兵二十萬馳援中原，這道命令，得以讓慕容恪安心攻打段龕。慕容評將二十萬大軍盡數屯在陳留，並且調兵遣將，趁晉軍未到之時，強攻周邊郡縣割據勢力。那些割據勢力紛紛聞風而降，慕容評接受投降後，將加在一起的降軍三萬盡皆屠戮，弄得其他郡縣人人自危，只待晉軍趕快到來。

八月二十日，應諸葛攸要求，此次北伐的主持人，征北大將軍殷浩，派來了兩萬晉軍歸屬諸葛攸調遣，進佔泰山郡，與唐一明所佔領的泰山互為犄角之勢。

八月二十二日，謝尚率軍三萬奉命出兵徐州，晉軍佔領下邳，停止滯不前，以觀其變。同日，慕容恪分兵兩萬佔據東安郡，以防止諸葛攸和謝尚夾擊。

八月二十五日，殷浩大軍從壽春出發，由羌人姚襄擔任先鋒，率兵三萬，準備攻打許昌，殷浩帶領後續大軍迤邐而進。燕軍和

晉軍的劍拔弩張，導致中原氣氛異常的緊張，一場中原大戰也即將到來。

八月二十六日，一連串消息猶如潮水般傳到泰山，讓唐一明感到很是興奮。

將軍府裏，文官武將全部站滿，唐一明歡喜地說道：「諸位，今天是我最開心的一天，晉軍北伐，聲勢浩大，燕軍和晉軍之間必有一戰。哈哈哈！」

「他娘的，晉軍要是早點來就好了。主公，咱們歇了那麼久，終於又有仗要打了，再不打仗，我都要成廢人了！」李老四率先叫了起來。

大家聽了，都哈哈大笑起來。

「主公，接下來咱們應該怎麼辦，主公就請吩咐吧，我的心裏窩著一把火，終於到了可以釋放出來的時候了。」黃大接著說道。

「戰是要戰的，只不過你們要認清此次戰鬥的目的，諸葛攸有兩萬晉軍屯在泰山郡，謝尚的三萬大軍屯在下邳，兩支軍隊早早地就來了，卻從來沒有說要主動進攻，而是停滯不前。你們想想，這說明什麼呢？」唐一明問道。

黃大想了想，說：「主公，晉軍停滯不前，是不是在等候燕軍和齊軍打完之後再進攻，然後好坐收漁翁之利呢？」

唐一明舉起大姆指稱讚道：「聰明！晉軍不向前，卻坐山觀虎鬥，無非是想等到燕軍和齊軍打得兩敗俱傷的時候再出兵，好坐收漁翁之利。不過，燕軍可不是一般的隊伍，慕容恪也不是一般的人物，如果等到燕軍擊敗段龕的話，慕容恪就能騰出手全力對付晉軍了，如此一來，我擔心晉軍不是燕軍的對手，會導致青州和徐州這一帶盡數被燕軍佔領。晉軍打不過燕軍的話，大可拍拍屁股走人，我們可不行，咱們還有三十多萬老百姓呢，一時半會兒的也無法撤走；就算撤走的話，到了晉朝，難道就能比這裏好嗎？所以我想主動出擊，引誘燕軍行動，攻擊晉軍，那時候，晉軍就不得不戰了！」

「嗯……主公說的不無道理，只是那諸葛攸現在屯兵在泰山郡，一直持觀望態度，謝尚又在下邳駐足，如果我軍單獨行動

的話，肯定會有所傷亡，我軍需要想個萬全之策才可以。」王凱說道。

「主公，濟南城裏不是還有數萬燕軍嗎？請主公給我兩個營，我去將燕軍引到諸葛攸的城裏。」黃大自告奮勇說道。

唐一明問：「你想到辦法了？」

黃大道：「主公，晉軍的士兵我見過，都穿著橙色的衣服，披的也是薄薄的甲衣，之前我跟軍師去攻打魯郡的時候，不是繳獲了不少晉軍的戰衣嗎？這次完全可以派上用場，咱們偽裝成晉軍去攻打濟南，然後詐敗而退，引他們到泰山郡城，讓諸葛攸和燕軍打一仗，不就結了。」

唐一明反問道：「那要是燕軍不上當呢？」

黃大被唐一明的話給問住了，回答不出來，支支吾吾地道：

「這個……這個……我倒是沒有想過……」

唐一明道：「必須是萬全之策，燕軍也不是傻子，和我們打過幾次仗之後，肯定學精明了；更何況，鎮守濟南的是皇甫真，這個人雖然沒有慕容恪那麼厲害，卻也是個了得的人物。軍師，你有什麼想法？」

王猛向來參加這種大會都不先發話，聽到唐一明問他了，便說道：「主公，其實未必要引誘燕軍才能達到這個效果。」

「哈哈！軍師說得好輕巧啊，不引誘燕軍，難道去引誘晉軍嗎？」黃二一臉問號地道。

王猛笑了笑，沒說話。

黃二看王猛一副高深莫測的樣子，不禁怔道：「難道真的要去引誘晉軍？」

王猛道：「如今我們的立場很明確，我們和晉軍是友軍，和燕軍是敵軍，可是晉軍北伐總是喜歡把聲勢弄得很大，進攻到一定程度後，卻不知道擴大戰果；殷浩上次北伐就是如此，大軍挺進到許昌就停滯不前了，沒過十天便帶著大軍撤退，此次主持北伐的又是他，大家說說，殷浩會不會又像上次一樣呢？」

「極有可能！」李老四判斷道。

王猛繼續分析道：「上次北伐時，我軍剛剛佔據泰山，對於泰山以西的事並不知曉，所以錯過了一次良機，不過，晉軍這次北

伐，多半是被主公邀請而來的，而我們也收到了敕命，所以北伐之事和我們也有關係；晉軍的作戰能力雖然不及燕軍那麼悍勇，但是實力也不容小覷，可是晉軍卻有一個弱點，就是自大，咱們可以利用這個弱點引誘晉軍，攻擊駐紮在濟南城的燕軍。只要戰端開啟，燕晉之間就會展開更大規模的廝殺，而我軍便可從中謀利。」

「如果燕軍和晉軍打起來，那青州、徐州、兗州一帶恐怕就不得安寧了，段龕雖然是自立為王，可畢竟沒有稱帝，還一直和燕軍為敵，如果燕軍和晉軍的戰端一開，慕容恪肯定會分心，從而猛攻段龕。段龕勢孤，必定會派人前往晉軍稱臣，祈求夾擊燕軍，如此一來，晉軍齊軍還有我們就能一起夾攻燕軍，讓其首尾不能相顧，必定能驅走燕軍。等驅走燕軍，晉軍老毛病再一犯，撤軍了，那這片土地上就只剩下我們和段龕的齊軍了。和燕軍比起來，段龕的軍隊簡直就是小菜一碟，不足為慮，我軍可以進一步蠶食齊軍，從而達到佔據青州的目的。」唐一明比手畫腳地說著。

王猛接著道：「主公，殷浩已經命令安北將軍姚襄為先鋒，率軍三萬攻擊許昌，他自己也親率大軍迤邐進發，中原必將掀起

一番腥風血雨，燕晉大戰在所難免，如今我們要做的，就是讓晉軍加快步伐，如果這裏戰端一開，殷浩必定會加緊對燕軍展開攻擊，晉軍一旦和燕軍交戰，不管誰勝誰負，都會削弱兩國的實力，我軍只需靜觀其變，不時騷擾即可。以我的預測，佔據關中的秦國也必定不會坐視這個良機於不顧，肯定會派出兵力駐守邊防，等待晉軍和燕軍的大戰。我軍勢力弱小，只管佔據青州即可，中原面積雖然廣大，卻是四戰之地，不易防守，秦軍要是想要的話，就讓他要吧。」

眾人聽了，都紛紛點頭稱是。

唐一明道：「那咱們就來想想該怎麼樣來引誘諸葛攸吧。大家都努力想想，看看有什麼辦法能把諸葛攸給引出來！你們上了那麼久的軍事學院，這時是發揮你們聰明才智的時候啦。」

過了好一會兒，關二牛先發言道：「主公，我有一個辦法，不知道可行不可行？」

唐一明鼓勵地說：「說吧，不好也沒有關係。」

關二牛道：「主公，你還記得我之前說過燕軍運糧的事嗎？」

「記得啊，你說慕容恪自從給了我們二十萬石的糧食後，燕帝許諾會給他四十萬石糧食，可是至今才陸陸續續運來十萬石，對不對？」唐一明問道。

關二牛點點頭，道：「主公，我想借助燕軍運糧的事來引誘諸葛攸。燕軍的糧食多半都屯放在陳留，從陳留運糧到濟南城沿途要走好幾天，我的想法是，咱們扮成燕軍運糧的隊伍，然後將這個消息告訴諸葛攸，他必然會派兵前來奪取糧食，然後再派人去稟報皇甫真，說押運的糧草被截，讓他派兵來搶奪，如此一來，燕軍和晉軍不就打上了嗎？」

「嗯，諸葛攸抱怨殷浩給的糧草不夠，天天寫信向殷浩要糧草，如果得知燕軍運糧隊伍經過，肯定會派人前來搶掠。不過，皇甫真倒未必會上當，燕軍運糧的事何等重要，從陳留運往濟南的話，肯定會先給他消息。這個計策還不夠好，再改進一下就可以了。」唐一明評論道。

關二牛聽了，摸著頭道：「主公說得對，我想得太簡單了。」

「不簡單，一點都不簡單！你能想出這個計策來，就證明你的

軍事學院沒有白上。」唐一明誇讚道。

黃大不服氣地叫道：「主公，為了能真的地引誘到諸葛攸，我軍在給他送消息的同時，也要派出一支軍隊，明確地告訴諸葛攸，如果他不取，咱們就去取，如此一來，諸葛攸心中驚慌，害怕真的沒有糧食吃了，肯定會派兵去搶奪的。」

「嗯，你也沒有白上！」唐一明也誇讚道。

「主公，我們不一定要派人把消息送給皇甫真，那樣太危險了，我們可以故意讓燕軍哨探發現運糧隊伍，讓哨探回報給皇甫真。皇甫真沒有接到消息，反而來了一支運糧隊伍，肯定會派人前來看個究竟，然後我軍讓燕軍看到晉軍攻擊運糧隊伍，他肯定會以為真的是運糧隊伍。如此一來，那我們的計策不就成功了嗎？」金勇也說出自己的意見。

唐一明聽了，高興地道：「好樣的，你們都沒有白上軍事學院啊。軍師，這些都是你的好學生啊。軍師，你認為他們的計策怎麼樣？」

王猛靜靜地聽著眾人的話，聽到唐一明問他，便回道：「他們

說得都非常好，分析得也十分在理，我想這個計策應該可以瞞騙過皇甫真的。」

唐一明道：「既然軍師都這樣說了，那我們就用這個計策吧。眾將聽令！」

所有人立即站了起來，齊聲喝道：「屬下在！」

唐一明下令道：「黃大，張亮，你們兩個明日領著一師和二師，假扮成燕軍士兵，負責押運糧草。這些糧草可以是裝滿黃土的麻袋，或者是裝滿荒草，不管裝的是什麼，一定要弄得鼓鼓的。」

「是，主公！」黃大、張亮道。

唐一明掃視了一下眾人，見楊元面有難色，便問道：「弼馬溫，你怎麼了？」

楊元煩惱地道：「主公，馬廄的馬匹只有三千一百多匹了，我不知道主公要用多少馬匹，如果用得多的話，恐怕馬匹不夠。」

唐一明曉得上次山洪爆發，葫蘆谷也受到了一點影響，馬廄被壓塌，一千多匹戰馬沒有來得及跑走，被從山上滾下來的土石流給砸死。楊元一直負責看管馬廄，漸漸地和馬匹產生了感情，一下子死那麼多戰馬，心情十分的沉重。

唐一明看看楊元，關切地說道：「用不了多少匹，兩千匹戰馬拉車，一千匹戰馬給士兵騎，只需要這樣。」

楊元點點頭，道：「主公，那我一會兒回去就把馬匹先準備好。」

唐一明又吩咐道：「金勇，你是晉人，應該可以和諸葛攸談得來，明日中午你再去見諸葛攸，告訴他，我軍探到了燕軍的小股運糧隊伍。」

金勇敬禮回道：「主公放心，金勇保證完成任務。」

唐一明又道：「關二牛，燕軍哨探的分佈你最清楚，你說說，我們應該在哪裡讓燕軍哨探看見我們最合適？」

關二牛立即回道：「主公，我已經想過了，任城是最好的地方，它離泰山不遠，如果夜裏出發，明天一早就可以到達，然後從任城向濟南城走，就能遇到燕軍哨探。」

「好，那就在任城！諸位，你們各自準備一下，晚上大軍隨我一起出發。泰山上的事，都交給軍師處理。」唐一明令道。

「屬下遵命！」眾人齊聲答道。

泰山郡，太守府。

大廳裏，諸葛攸坐在上首，下面站著兩列武將，中間則跪著一個小校。那名小校低著頭，雙手撐地，身體顫抖，似乎很是害怕。

「啪！」諸葛攸用力拍了一下面前的案桌，將案桌上的一些零碎東西都震了起來。

「他當真是這樣說的？」諸葛攸一臉怒意，大聲地問道。

那個小校重重地點了點頭，說道：「啟稟將軍，屬下說的句句屬實，不敢有半點虛言！」

「哼！殷浩老匹夫也未免欺人太甚！我軍還有十日之糧，若是沒有糧食，那我們吃什麼？備馬！我要親自去找他理論，要不來糧食，老子就將此事上奏天子！」諸葛攸怒氣沖天，破口大罵道。

「報！」

就在這時，從門外走進來一個士兵，神情顯得十分緊張，一進大廳，便立即跪在地上，道：「啟稟將軍，魯國公派人給我軍送……送糧食來了！」

「哦？」

諸葛攸聽了，臉上的怒氣立即消失，換成一臉笑容，自語道：

「關鍵時刻，還是魯國公重情重義啊，他此時派人前來送糧，當真是雪中送炭啊！」

第三章

天賜良機

「燕軍的運糧隊已經停在前面的丁莊，在那裏休息。」
斥候道。
諸葛攸聽到彙報，臉上大喜，當即道：
「太好了，天助我也！各位，到了丁莊，
大家迅速將其包圍，千萬不能漏掉一個敵人，
這可是天賜的良機。」

「送了多少糧食？」諸葛攸歡喜地問道。

士兵支支吾吾答道：「沒看到糧食，只……只……只來了一個人！」

「沒有糧食？只有一個人？魯國公葫蘆裏賣的是什麼藥啊？你去把那人叫進來！」諸葛攸令道。

士兵應命而去，小校還跪在地上渾身發抖，不敢起身，背脊上已經全是汗水。

諸葛攸看見仍跪在地上的小校，擺擺手道：「好了，你來回一趟也辛苦了，下去休息吧！」

小校趕緊逃命似地退出大廳。

一會兒，從大廳外走進一個文質彬彬的漢子，漢子身長七尺五，年紀在三十歲左右，一身長袍，加上俊朗的面容和披肩的長髮，顯得十分飄逸。

漢子拱手道：「在下金勇，拜見諸葛將軍！」

諸葛攸打量了一下金勇，狐疑問道：「你……你是……來給我送糧食的？」

「正是！」金勇道。

諸葛攸道：「哈哈哈，還是魯國公仁義，我諸葛攸有這樣一個上司，簡直是我的榮幸啊。魯國公近來可好？」

金勇回道：「承將軍吉言，魯國公一切安好，特讓在下來給諸葛將軍送糧食，以解燃眉之急。」

「魯國公對我說泰山上的糧食供應不足，所以我寫信給殷大將軍請求支援，不過殷大將軍不僅沒有答應，反而還剋扣了我的糧餉，魯國公又從何而來的糧食？」諸葛攸奇怪地問道。

金勇道：「泰山上有些果樹，民眾都用野果充饑，但也只是暫解燃眉之急罷了，畢竟不是辦法，我家主公派出斥候，打探到有一支秘密押送糧草的燕軍正在朝濟南城趕，不用多久，運糧的隊伍就能到達泰山郡境內，所以我家主公想盡起泰山人馬劫掠燕軍的糧食。不過在行動前，我家主公想到了將軍，特命在下前來報信，倘使將軍有意劫掠這些糧食的話，我家主公就不劫了。」

諸葛攸聽了，大讚道：「魯國公真是仁義啊，對了，押運糧食的燕軍有多少人？」

「只有一千騎兵，其餘的都是步兵。」金勇答。

諸葛攸訝異地道：「燕軍押運糧草向來都是精騎護送，怎麼這次只派了一千騎兵？」

金勇連忙道：「如今燕軍一方面在攻打廣固，一方面在中原重兵佈防，兩邊都用兵，自然調度不開。這也說明燕軍已經到了枯竭的時候，沒有兵力可以調用了，看來此次北伐必定能夠大勝燕軍！」

諸葛攸聽了之後連連點頭，說道：「嗯，不錯，你說得有理。這樣吧，你回去轉告魯國公，他只有幾千士兵，對付不了那麼多的燕軍，你讓他安心在泰山上歇著；至於劫掠糧食一事嘛，就交給我軍來辦，劫掠後的糧食我分一半給魯國公，讓他敬候佳音就是了。」

金勇故意說：「我家主公說，如果將軍有意劫掠糧食的話，我軍想協助將軍。」

「不不不！魯國公的好意我心領了，他就那麼多人馬，萬一打沒了，以後怎麼和我形成犄角之勢呢？這次就由我軍來攻，你放心，到手的糧食我一定分給你們。」諸葛攸婉拒道。

「這……」金勇猶豫道。

「別這個那個的了，就這樣決定了，你回去轉告魯國公，我的官階比他低，這種上陣殺敵的事，自然是由下屬來做，讓他安心在泰山等著我凱旋的消息就好了。」諸葛攸打斷了金勇的話道。

金勇心中竊喜，臉上卻還裝作一副楚楚可憐的樣子，拱手道：「將軍既然已經決定了，那我回去轉告主公便是。泰山上三十萬軍民會為將軍祈禱的，預祝將軍大敗燕軍，搶來糧食！」

諸葛攸道：「如此最好，那你快回去吧！」

「在下告辭！」金勇拜道。

諸葛攸望著金勇遠去的背影，下令道：「眾將聽令，留下一千軍馬守城，其餘的都跟我殺出去搶掠燕軍的糧食。此戰若勝，我軍皆是北伐頭功！」

眾位將軍聽了，臉上都露出喜悅之情，大聲道：「諾！」

諸葛攸心中暗道：「唐一明就那區區幾千人還想去搶糧？簡直是天大的笑話！等我劫掠了糧食，隨便分給你一點，反正你泰山上有野果吃，又可以圍捕野獸，餓不死你們。還好我夠聰明，拒絕了唐一明的出兵要求，不然的話，他就可以從中撈取糧食，那我就得不償失了。哈哈，哈哈哈！」

不到午時，諸葛攸便集結了一萬多名的步軍，浩浩蕩蕩地開出了泰山郡城，朝著陳留到濟南的必經之路奔馳而去。

臨近午時，唐一明的部隊已經進入到泰山郡境內，慢悠悠地走著。

唐一明按關二牛指出來的幾個地點，故意將燕軍的旗幟打得高高的，卻始終沒看見一個燕軍的哨探。這些燕軍哨探經常出沒的地方，是關二牛花了半個月的時間才查出來的，十分可信。

唐一明雖然沒有看見燕軍的哨探，可是燕軍的哨探卻看見了他們，燕軍紀律嚴明，不在一個部隊裏的哨探就算是見到了自己國家的軍隊，也不能暴露出來，而是保持著冷靜的頭腦，將得來的消息報給自己軍隊裏的上司。

唐一明裝扮成的運糧隊伍和燕軍沒有什麼不同，只是少了一些

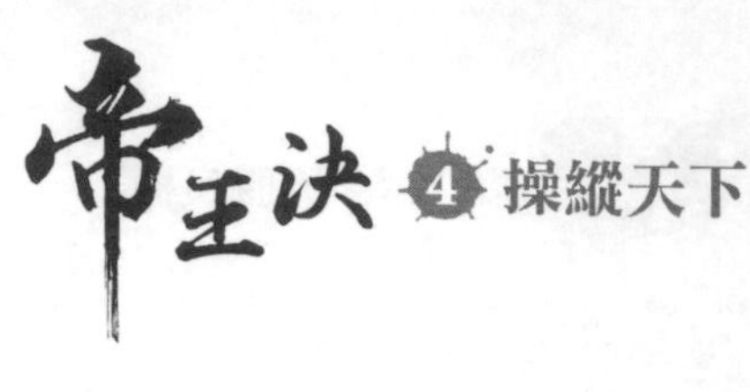

騎兵，足以以假亂真，燕軍的哨探在唐一明進入泰山郡境內時便發現了他們，當即飛馬返回濟南城。

濟南城中，皇甫真還在校場上練習射箭，他騎在馬上，手中持著一張大弓，一支長箭扣在手中，只待瞄準目標，便放手射去。

「嗖！」一支長箭徑直射了出去，落在校場中一個靶子的紅色圓心上。

「好！將軍威武！」

圍觀的士兵看到，立刻叫了出來，替皇甫真叫好。

皇甫真一臉喜悅，策馬狂奔，又從箭囊中取出了一支長箭，然後將大弓拉得滿滿的，等到經過靶子的時候，射出手中扣著的箭矢。

「嗖！」又是一聲清脆的響聲，那支長箭也死死地定在靶子中央。

「將軍威武……」

皇甫真哈哈笑了起來，勒住座下馬匹，停在校場上，卻見從校場外奔來一騎。騎士的馬背上插著一桿小旗，上面書寫著一個

「燕」字。

皇甫真當即翻身下馬，將手中的大弓拋到一個騎兵手中，對場上騎兵喊道：「你們繼續操練，箭法要像我那樣的準，什麼時候練習好了，什麼時候停止！」

說完，皇甫真便走出校場，斥候翻身下馬，單膝跪地，向皇甫真施禮拜道：「啟稟將軍，屬下發現我軍的一支運糧隊伍。」

「運糧隊伍？為什麼我沒有接到從陳留來的消息？有多少人，押運了多少糧食？」皇甫真不相信地問道。

「大概一萬人，一千騎兵，九千步兵，押運了兩千輛糧車，正朝濟南而來，現在已經進入泰山郡地界！」斥候稟報道。

皇甫真還沒有來得及繼續問，便聽見了一匹快馬的馬蹄聲，他向前方看去，竟然又來了一名斥候。

那名斥候來到皇甫真面前，施禮報道：「啟稟將軍，駐守泰山郡城的晉軍已經出動了，大約有兩萬人，正浩浩蕩蕩朝西北方去，不知道有何意圖！」

皇甫真聽到奏報，擺擺手道：「知道了，你們都下去吧，再去打探清楚。」

「屬下告退！」

皇甫真見兩名斥候走了，心中有點不安地道：「一千騎兵，九千步兵，這不像我軍運糧的方式，再說，我也沒有收到陳留來的消息。諸葛攸在泰山郡只有兩萬人馬，此次全部出動奔向西北方，無疑是衝著那批糧食去的……」

他的思緒還在漫飛著，卻見又來一名斥候，只是，這次來的斥候卻神情十分慌張。

斥候下馬後，連行禮都忘記了，急道：「將軍，諸葛攸帶著一萬九千名晉軍奔襲我運糧隊伍，雙方現在在西南百里處的丁莊交戰。我軍見晉軍勢大，退守在村莊裏，晉軍已經將村莊包圍了！」

「哦？你可看清楚了，那支運糧隊伍真的是我大燕的軍隊？」皇甫真問道。

斥候點點頭道：「屬下親眼所見，千真萬確，那支運糧隊伍確實是我大燕的軍隊，車上的糧食也確實是運到濟南城來的，只是事出突然，陳留方面沒有派人前來稟告。」

「既然真的是我大燕的運糧軍隊，那就不能坐視不理了！不管是哪個部隊，都是我大燕的軍隊，運的也是我大燕的糧食，絕對不能夠落入漢奴的手裏。」皇甫真想道。

皇甫真叫來傳令官，吩咐道：「傳令下去，集結一萬輕騎，西城門口聚集！」

傳令官走後，皇甫真便叫部下迅速取來他的戰甲和武器，又叫人牽來一匹良馬，跨上馬背後，轉身對那個斥候說道：「你再去打探，我帶領大軍隨後就到。」

斥候立即奔出濟南城，徑直朝丁莊而去。

斥候狂奔了兩個小時，終於抵達丁莊。

莊裏十分安靜，看不到任何人影。斥候翻身下馬，環視一圈後，大聲叫道：「將軍！你讓我做的事我已經做了，希望你信守諾言，高抬貴手，放我一馬。」

斥候說完，村裏突然湧出許多士兵來，唐一明從人群中擠了出來，走到斥候面前，道：「事情都辦好了？」

斥候重重地點點頭，道：「辦好了，我的解藥呢？」

「根本就沒有解藥！」唐一明嘿嘿笑道。

斥候臉上現出驚懼之色，指著唐一明道：「你……我已經按照你吩咐的做了，你竟然告訴我沒有解藥？我……我跟你拼了！」便撲向唐一明。

沒等斥候臨近唐一明身前，十數根鋼戟便頂在他的身上，只要他敢稍微動一下，立刻會被鋼戟刺穿身體。

唐一明向前兩步，淡淡說道：「你沒有吃毒藥，何必要什麼解藥？」

斥候聽了怔道：「你說什麼？你給我吃的不是毒藥？那為什麼我的身體會隱隱作痛？」

唐一明笑道：「使勁按著胸廓上的那個穴位，不管是誰，都會發痛。」

「你……你……你真奸詐，居然用這種方法來騙我？我現在騙了皇甫將軍，回去是死，在你這裏也是死，哼！既然橫豎都是死，你就殺了我吧。」斥候激動地說。

「呵呵，有骨氣！不過，剛才你的骨氣到哪兒去了？我聽說鮮卑人都是硬漢子，寧可戰死也不投降。我抓到你的時候，只給你吃了個小小的藥丸，就把你嚇得半死了，還甘心為我做出出賣族人的事，你這種人，就是死上百次上千次都不為過，不過，我現在正是用人之際，你雖然可恨，也夠機靈，能夠騙過皇甫真說明你還是有點本事。如果我不殺你，你是否願意跟隨我，從此聽候我的差遣呢？」唐一明道。

「主公！你要收留這燕狗？」黃大突然問道。

唐一明點點頭，環視一圈，見眾人臉上都有點疑惑不解，便解釋說：「不錯，鮮卑人是人，我們漢人也是人，既然鮮卑人可以奴役我們漢人，為什麼我們漢人不能收留鮮卑人呢？只要大家心意一致，不管是漢人也好，鮮卑人也罷，都是這個大家庭裏的一分子。」

大夥聽了，有的臉上表現出不屑的表情，有的則是緩緩點頭，有的是對鮮卑人的仇視，總之，每個人心裏都有不同的想法。

這些日子以來，唐一明想了很多，尤其是在民族矛盾上的衝突，發現這些衝突並不是不可解決的。他心中想要建立的樂園，是一個多民族、多文化的國家，一味地相互攻伐，並不能從根本上解決問題，反而激化矛盾，導致無休止的戰爭。

五胡十六國和後來的南北朝時期，在中國歷史上佔有一個非常的地位，那就是民族融合。在持續兩百多年的長時間分裂裏，內遷的胡人逐漸被漢化，從而融合到漢民族裏，因而才構成了以後多民族的發展。

唐一明要做的，是他老早便想好的，只是沒有找到一個合適的機會罷了。這樣的年代裏，胡人視漢人為奴隸，漢人視胡人為低賤的野蠻人，正是這樣的觀念，導致民族的激化，從而使得那些淪喪在胡人鐵蹄下的漢人成了奴隸。

他決心要打開一個新局面，並且像對待漢人一樣對待那名鮮卑斥候。他擺了擺手，士兵們便撤去了頂在斥候身上的鋼戟。

「我問你，你願不願意跟隨我？」唐一明凝視著那名斥候，問道。

「主公，你可考慮清楚了？燕狗是我們的敵人，如果收留他們的話，我怕弟兄們會有想法。」黃大不認同地說。

唐一明道：「我已經想得很清楚了，正因為燕狗是我們的大敵，我們才更加要收留像他這樣無路可走的士兵。慕容氏雖然強悍，可燕國並非只有慕容氏一家鮮卑人，燕國的境內也有我們漢人和其他部族的胡人，那些人不一定都是真心實意地跟隨慕容氏的。海內存知己，天涯若比鄰，以後，我們的隊伍中也許會有羌人、氐人、羯人、匈奴人，只要和我軍志同道合，希望建立太平盛世的，不管是哪個民族，我們都應該無條件收納，而且要一視同仁。只有這樣，才是解決亂世的根本所在，使得民族融合，共創我泱泱大中華！」

結束亂世的根本不在戰爭，而在於民心，得民心者得天下，民心穩定，天下可定，唐一明對此深信不疑。

斥候心想：「如果我回去，這件事被皇甫將軍查出來的話，我早晚也是死，我又不是他們慕容氏的族人，何必為了慕容氏而丟了自己的性命呢？」

便見那名斥候撲通一聲跪在地上，向唐一明叩首道：「主公在上，請受宇文通一拜！」

「宇文通？遼東鮮卑宇文氏？」唐一明聽了，詫異地道。

宇文通點點頭，沉痛地道：「鮮卑宇文氏已經不存在了，在下不過是燕軍中一個小小的斥候而已。」

原來遼東鮮卑共有三大部族，其一是慕容氏，其二是宇文氏，其三是段氏。三大部族間經過多年的相互攻伐，宇文氏被慕容氏所滅，段氏也被慕容氏趕出遼東，從此慕容氏便成了遼東的霸主，奠定了慕容氏進軍中原的根基。

唐一明看著跪在面前的宇文通，立即將他扶了起來，拍拍他膝蓋上的塵土，道：「我久聞遼東宇文氏的威名，本以為宇文氏悉數被滅，沒有想到今日還能在這裏遇到宇文氏的後人，真是榮幸之至啊。」

「唉！宇文氏被滅後，宗族多數被殺，只留下少數分支苟延殘喘，昔日的威名早已蕩然無存了，不提也罷！」宇文通憂傷地說道。

「哼！鮮卑人不都是自詡為英雄嗎？為什麼你會如此貪生怕

死？」黃大在一旁譏諷道。

宇文通斜視了一眼黃大，見他面目冷峻，對自己頗為不屑，便搖搖頭道：「在下並非怕死，只是在下家裏還有年邁的母親以及年幼的兒子，不得已而為之。」

唐一明道：「誰都有難言之隱，不必掛懷。我問你，皇甫真帶了多少人馬？」

「一萬騎兵，估計不一會兒就到。」宇文通道。

唐一明扭臉對黃大道：「吩咐下去，按計劃行事！」

黃大道：「主公放心，我軍早已準備妥當。」

「主公，晉軍正向這裏趕來，已經不足十里。」一名偵察兵從人群中擠出來，報道。

唐一明道：「來得好，全軍戒備！」

正午時分，諸葛攸帶著一萬九千名馬步軍，浩浩蕩蕩地從泰山郡城殺來，到了丁莊附近，一個晉軍的斥候便迎了上來。

「將軍，燕軍的運糧隊已經停在前面的丁莊，看樣子是行軍累

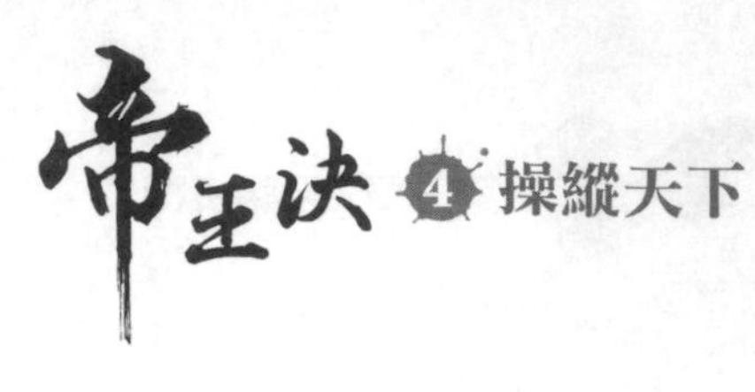

了，躲在那裏休息。」斥候道。

諸葛攸聽到彙報，臉上大喜，當即道：「太好了，天助我也！各位，到了丁莊，大家迅速將其包圍，千萬不能漏掉一個敵人，這可是天賜的良機。」

晉軍聽到諸葛攸的話，便分股而進，以最快的速度將丁莊包圍得是水泄不通。

諸葛攸騎著馬，來到村口，喊道：「裏面的燕賊聽著，你們已經被我軍包圍了，不想死的，就快點投降！」

唐一明聽到喊聲，便對黃大道：「看來諸葛攸是沒有和燕軍打過仗，不知道燕軍的厲害，居然在這裏耀武揚威地喊話。黃大，用箭射他娘的，不過，不能射中他，就射他盔櫻好了，弄傷了他，這場好戲就沒得看了。」

黃大點點頭，當即取過弓箭，準備開弓射箭。

「我來！」

宇文通大叫一聲，率先拉開大弓，搭箭在手，瞄準了諸葛攸頭盔上的盔櫻便射了出去。

「嗖！」

諸葛攸還在喊著話，迎面就見一支長箭飛來，他大吃一驚，呆在那裏，口中大叫道：「啊……」

長箭穿過了諸葛攸的頭頂，將他頭上的盔櫻射了下來。

諸葛攸心有餘悸地退後躲進了人群裏，臉上的驚怖之色還沒有散去，口中不停地罵道：「媽巴羔子的燕賊，竟然敢暗算老子？你們是活膩味了！楊將軍，給我帶兵衝上去，殺他娘的！」

唐一明見宇文通箭法十分的高超，一點也不亞於劉三，甚至比劉三還要高出許多，不禁讚道：「沒想到你的箭法如此高超，有百步穿楊的功夫啊，不錯不錯。」

宇文通謙虛地道：「多謝主公讚賞，鮮卑人從小便騎在馬背上，拉弓射箭更是習以為常，這些算不上什麼。」

「哼！有什麼了不起的，打仗時未必能打得過我！」黃大對鮮卑人一向很排斥，聽到宇文通的話，冷冷地說道。

唐一明不去理會他，對宇文通道：「你剛來這個大家庭，加上你是鮮卑人，他們難免會對你有所排擠，其實他們都是心腸很好的人，你和他們相處久了就知道了，不要放在心上。」

宇文通知道唐一明是在安慰他，呵呵笑道：「主公的話，文通謹記在心。」

唐一明又開導黃大說：「宇文氏是被慕容氏所滅，按道理來說，他心裏也很痛恨慕容氏，所以跟咱們是志同道合；既然他加入了咱們的大家庭，就要以自家人來對待他，以後言語上千萬不要再出現什麼鄙視的話，知道了嗎？」

黃大委屈地道：「知道了主公。」

「主公，晉軍開始進攻了！」一個士兵喊道。

丁莊有兩個村口，一前一後，唐一明讓人將後面的村口給堵住了，所以現在只有一個入口可以通往村子裏。

諸葛攸雖然沒有和燕軍打過仗，卻知道燕軍在箭矢上的厲害，所以吩咐部下持著盾牌緩緩地向前推進。他帶的人數多，不怕耗時間，步步為營好過強烈猛攻，只要一隊人推進到燕軍的陣前，就能殺死他們不少弓箭手。

晉軍不斷地向前推進，雖然每向前走兩步便停一會兒，還是很快便到了與唐一明等人相距十米的距離。

「傳令下去，弓箭手準備，只射擊他們的盾牌，給他們警告！」唐一明衝士兵喊道。

「嗖！嗖！嗖！」

成百上千支箭矢飛舞到晉軍的盾牌陣裏，晉軍當即立盾在原地不動，士兵也將盾牌結成了銅牆鐵壁。

諸葛攸看到自己五百名盾牌兵遭到箭陣的襲擊，感覺那箭陣沒有什麼威力，不禁大笑起來：「都說燕軍箭陣出名的厲害，我看也不過如此嘛，傳令下去，大軍進攻，要是能斬獲敵軍主將的，我重重有賞。」

那些士兵剛衝上前去，便見一個斥候慌忙從隊伍後面奔來，叫道：「將軍，燕軍……燕軍救援的來了。」

「來了多少兵馬？」諸葛攸急忙問道。

斥候答道：「皇甫真帶著一萬輕騎狂奔而來，已經不足五里！」

「快傳令各部集結，皇甫真遠道而來，我軍正好以逸待勞迎戰，等打敗了皇甫真，再來收拾裏面的人。張將軍，這裏就交給你了，你帶著兩千人守在這裏，不能讓裏面的燕軍知道援軍來了，也不能放任何一個燕軍出來！」諸葛攸下令道。

張將軍當即應道：「諾！」

諸葛攸策馬回轉，帶著部下向後駛去，各部也迅速集結，很快便結成一個戰陣，只等候著皇甫真的到來。

唐一明見晉軍不進反退，諸葛攸也跑得無影無蹤，狐疑道：「難道是皇甫真來了？」

宇文通猜道：「這個時間點，應該是皇甫真到了。」

「哈哈，太好了，諸葛攸既然帶兵迎戰皇甫真去了，那我們也不能給他添亂，讓他們好好地打，不管誰勝了，都能完成我們的目的。」唐一明興奮地說道。

黃昏時分，丁莊外。

滾滾煙塵捲地而起，一支黑色戰甲的輕騎兵正在橙色戰甲的戰

陣裏橫衝直撞，那支輕騎兵猶如狂風一般，呼嘯著席捲那支橙色戰甲的戰陣。馬蹄下，黑色戰甲騎兵不知道踏死了多少橙色戰甲的士兵，只聽得慘叫聲不絕於耳。

這支穿著黑色戰甲的軍隊，便是燕國前將軍皇甫真所率領的那支一萬人的騎兵，而與他們交戰的穿橙色甲衣的軍隊，則是晉軍。

落日的餘暉照射在丁莊外的原野上，黃土漸漸被鮮血染紅，隨處都可以見到倒在地上缺胳膊少腿的屍體。戰鬥才剛剛進行了半個時辰，晉軍便已經屍橫遍野。

一棵大樹下，兩百騎晉軍騎兵護衛著一名身穿鎧甲的將軍，那將軍正是他們的主將諸葛攸。

諸葛攸眼裏滿是驚怖，他看到燕軍騎兵的悍勇，也看到了不斷戰死的晉軍士兵，他的眼睛裏除了紅色的血，再也看不到其他的顏色。

「將軍，撤軍吧，再這樣下去，恐怕我們會被燕軍殺得片甲不留！」一名騎將對諸葛攸勸道。

「為什麼？為什麼會是這樣一個結果？我軍以逸待勞，嚴陣以待，為什麼還抵擋不住燕軍的進攻？」諸葛攸聲音裏含著諸多的疑惑和不解，又顯得蒼白和無奈。

半個時辰前，諸葛攸用馬步軍結成了一個戰陣，嚴陣以待，只等著燕軍的到來。

一萬名燕軍騎兵在皇甫真的率領下，老遠便看見了那支結陣自守的晉軍。借著高昂的士氣，皇甫真沒有下令騎兵先停下來，而是將騎兵分成三個梯隊。第一個梯隊直接衝向晉軍的戰陣，以求衝破晉軍的陣形；第二個梯隊緊接著跟上去，予以打擊和殺入敵陣；第三個梯隊則負責清掃前面遺留下來的敵軍士兵。

三個梯隊的騎兵冒著箭雨，排山倒海似的壓了過去，並且將晉軍切割成兩段。

燕軍順利切斷晉軍後，皇甫真又命令五百騎兵為一個小隊，對燕軍進行來回衝突，只用了半個時辰的時間，就將晉軍的陣形完全打亂，讓其不能首尾相顧。

戰場上，皇甫真正在奮力地拼殺，敵軍士兵的鮮血早已將他身上的戰甲染紅，黏稠的血液從戰甲上一滴一滴地滴落在地上，而他的面前，是不斷倒下的晉軍士兵。

皇甫真一槍便穿透一個晉軍的身體，將那個士兵的身體高高挑起，臉上露出猙獰的表情，喊道：「殺啊！」

皇甫真將晉軍的屍體重重地摔在地上，扭頭卻看見遠處一棵大樹下的諸葛攸，眼睛一亮，立刻喊道：「敵軍主將在那棵樹下，不怕死的跟我衝上去，斬殺敵將者，賞千金！」

重賞之下必有勇夫。皇甫真的聲音剛落，便見一百多騎跟隨著皇甫真殺出戰陣，衝向諸葛攸所在的那棵樹下。

諸葛攸正在愁眉苦臉地看著混亂的戰場，忽然間看到一彪騎兵朝他殺來，大吃一驚，策馬回轉，大叫道：「撤退！撤退！快鳴金收兵！」

「鐺鐺！鐺鐺鐺……」

晉軍的傳令官急忙敲響手中的金鐘，然後跟著諸葛攸一起奔了出去。

撤退的聲音被敲響後，戰場上的晉軍紛紛撤退，向四處逃竄。

「賊將哪裡跑？」皇甫真見諸葛攸要跑，揮著手中長槍大叫道。諸葛攸驚慌失措地朝留在村口的兩千士兵跑了過去。

皇甫真追出約莫兩里，便隱約看見一彪整齊的晉軍，約有數千人，他急忙勒住馬匹，看到諸葛攸逃進晉軍陣裏，朝地上吐了口口水。

「窩囊廢！一點都不經打！掉轉馬頭，清掃戰場，一會兒再來收拾他們！」皇甫真大叫道。

諸葛攸回到軍陣裏，心有餘悸，急忙下令撤軍，什麼也不顧了。他在兩千完整的軍隊護衛下，撤向泰山郡去了，沿途又遇到不少殘兵敗將，粗略統計了一下，竟然折了將近五千士兵，而剩下的也都沒有了戰心。

第四章

中計

皇甫真見四周堆放著荒草，村子被塵土厚厚地覆蓋著，
心中一驚，急忙走向一輛糧車前，隨手提起一袋糧食，
卻感覺到輕飄飄的，打開一看竟是荒草。
他急忙叫道：「不好！中計了，這是晉軍的奸計，快點撤退！」

丁莊內，唐一明見諸葛攸撤軍，重重地嘆了口氣，道：「諸葛攸在兵力上十分有優勢，居然還會被遠道而來的燕軍擊敗，真不知道晉軍的戰鬥力為何如此低下？」

「主公，晉軍的主力都在殷浩手裏掌握著，諸葛攸的這支軍隊根本就是雜牌軍，就連駐守下邳的謝尚的軍隊都不如，燕狗的騎兵十分厲害，遇到諸葛攸這樣的軍隊還不是老鷹捉小雞嘛！」黃大聽了道。

「這個我也知道，諸葛攸根本不是皇甫真的對手，我只是沒有想到諸葛攸會敗得如此快，本以為他會堅持到入夜後呢，誰想還不到一個時辰，便已經兵敗如山倒了。唉！也不知道這次晉軍死了多少人？」唐一明嘆道。

「主公，既然諸葛攸敗了，就別去想他了，咱們該按照咱們的辦法行事了，等一會兒燕軍來了，咱們將他們炸個稀巴爛，也算是為死去的晉軍士兵報仇啦。」黃大勸道。

唐一明點點頭，吩咐道：「張亮，將拉糧車的馬匹帶走，加上原本的一千騎兵，算是三千騎兵，你帶著這三千騎兵去見皇甫真，

你和皇甫真沒有見過面，他應該認不出你，你見了他就說漢話，說咱們是新投降過來的漢兵，奉命前來押運糧草，不想遭到晉軍的伏擊，而且主將戰死，告訴他糧食都在村裏，咱們的馬匹太累了，讓他們用戰馬來拉糧食，知道了嗎？」

張亮重重地點點頭道：「放心，主公，我一定完成任務。」

張亮帶著三千騎兵出了村子，徑直朝戰場走去，剛好迎面撞上了皇甫真的人馬，兩下照面，士兵便停了下來。

張亮翻身下馬，走到皇甫真面前跪了下來，按照唐一明吩咐的說了一通，皇甫真信以為真，便急忙命手下奔往丁莊。

張亮說完，便帶著軍隊先行奔入丁莊。丁莊內，唐一明等人已經消失得無影無蹤了，張亮帶著人進入丁莊後，便見村子中央堆著兩千輛糧車，他指揮士兵從一邊繞到村子的西側，他和十幾名騎兵則專候在村子裏，等待著皇甫真帶兵進入。

皇甫真絲毫沒有懷疑，因為村口的地上到處可見斑斑血跡和斷裂的兵器，一直綿延到村裏。他可以想像得到剛才與晉軍戰鬥時的景象，除此之外，入村的道路兩旁還有許多受傷的士兵，個個痛苦

地喊叫著。

皇甫真進了村子，質問張亮道：「這些糧食怎麼都堆放在這裏？」

張亮回道：「剛才與晉軍交戰的時候，為了保護糧食的安全，所以將糧食全部放在這裏，士兵會把守四周，不讓晉軍進來。」

「嗯，做得非常好。對了，戰死的人哪兒去了？」

皇甫真環顧左右，只見到受傷的士兵，卻沒有見到戰死士兵的屍體，好奇地問道。

張亮答道：「我們得知將軍勝利了，便將村口打掃了一下，將屍體全部清理出去，埋到村後的樹林裏去了。」

皇甫真沒有再問，對身後的士兵說道：「兄弟們，將馬車套在馬背上，開始搬運糧食！」

命令一下，燕軍便陸續下馬，將馬匹牽到中央的空地上，然後嵌套馬車。

張亮看看差不多了，便悄悄地溜走了。

丁莊裏，人形晃動，不辨真偽。

皇甫真正在指揮著士兵嵌套馬車，卻忽然發現張亮不在了，便大聲喊道：「張亮！」

皇甫真連喊了三聲，都沒有聽到有人答應，正在疑惑之際，卻聽見一個士兵道：「將軍，張亮已經帶著他的人出莊了。」

皇甫真看看四周，見四周堆放著荒草，而村子被塵土厚厚地覆蓋著，明顯是早就沒有人了。他心中一驚，急忙走向一輛糧車前，隨手提起一袋糧食，卻感覺到輕飄飄的，打開一看竟是荒草。

他急忙叫道：「不好！中計了，這是晉軍的奸計，快點撤退！」

皇甫真聲音剛落，便聽見「嗤嗤」的聲音，從四面八方冒起一股白煙，嗤嗤的聲音順著地上一些黑色粉末向前蔓延。他不知道那是什麼東西，只感覺到一股不祥的預兆。

他一邊向村外跑去，一邊大喊道：「中計了，快撤退！快撤退！」

燕軍聽到皇甫真的聲音，前面的紛紛掉轉馬頭，向村外退去，

可是後面的燕軍卻仍在朝村裏行進，兩撥人一下子撞在一起，將入村的道路堵了個水泄不通，燕軍也亂做一團。

「快點撤離！都撤出去！」皇甫真急喊道。

「轟！」

丁莊北邊的一處地方發出一聲巨響，將燕軍炸得四分五裂。緊接著，到處都聽見「轟」聲巨響，村子四面八方都是被炸裂的屍體。

多聲巨響後，丁莊已經被炸成一片廢墟，而那些燕軍士兵也與他們的座下馬一起被炸飛，弄得血肉模糊。

巨響聲還在繼續，丁莊內傳出士兵慘痛的叫聲及馬匹的長嘶聲，不絕於耳。

丁莊外。

「主公，八千多名燕狗騎兵全部被炸死在莊裏了，而我軍不費一兵一卒，這可是有史以來第一次大勝利啊。」黃大歡喜地說道。

唐一明點點頭道：「嗯，丁莊已經被夷為平地了，清理起來非常困難，加上爆炸聲也會引來周圍的燕軍，我們撤退吧。」

黃大轉身喊道：「主公有令，全軍撤退！」

唐一明帶著軍隊走後約莫十幾分鐘，皇甫真從廢墟裏爬了出來。他滿臉的灰土，看到眼前的一切，立刻驚呆了。

「這……這怎麼可能？剛才……剛才發生什麼事情了？」皇甫真驚訝莫明地道。

原本丁莊裏還有些許可以遮風擋雨的房屋，現在展現在皇甫真眼前的只是一片廢墟，廢墟的下面壓著八千多名燕軍士兵，他的內心別提有多難受了。

皇甫真踏著廢墟，心有餘悸地向濟南城走去……

唐一明等人回到泰山時，天色早已黑得一塌糊塗。

凱旋而歸的將士們都懷著喜悅的心情，他們第一次見證了奇蹟，先進武器給他們帶來的那種震撼，讓他們對唐一明信心百倍。

將軍府裏，唐一明和李蕊相互依偎著正準備休息，卻聽見外面有人叫道：「主公！主公！」

唐一明開門，見是金勇，便問：「什麼事？」

金勇道：「主公，諸葛攸派人來，明日讓主公到泰山一敘。」

唐一明大致猜到是什麼事，便道：「知道了，你下去吧！」

第二天，唐一明帶著王猛、金勇、孫虎、陶豹四人一起往泰山郡城去見諸葛攸。

泰山郡，晉軍戒備森嚴，巡邏的士兵每隔一段時間便會換一次班，整座城市裏更是刀槍林立，如臨大敵，緊張的氣氛無處不在。

到了太守府，唐一明看到諸葛攸大吃一驚，只見諸葛攸一瘸一拐的，便急忙問道：「諸葛將軍，你這是怎麼了？」

「唉！一言難盡啊，魯國公請上坐！」諸葛攸將自己的太守座位讓了出來，讓唐一明坐了上去。

唐一明絲毫不客氣，畢竟他也是晉朝天子所親自敕封的魯國公和鎮北將軍，按理說他現在可也是晉軍的一分子了，可是他不喜歡晉朝的姿態，更何況晉朝只是想用一道敕命書就來招撫他，並非出自真心。

殷浩北伐的目的並不在齊魯的大地上，目標是中原，他想光復舊都，卻又割捨不下唐一明這個小勢力，便給諸葛攸兩萬軍隊，讓他駐守泰山，更命令謝尚進軍到下邳。

表面上看，三方呈現出互為犄角之勢，其實是想用諸葛攸和謝尚鉗制唐一明，以免再發生段龕降而反叛的事件，也可以起到震懾燕軍的作用。

唐一明剛坐定，諸葛攸便揮揮手，將府裏的士兵全部趕了出去，然後撲通一聲跪在地上，連連向唐一明叩頭，哀求道：「魯國公，您有大智慧，有大才華，你一定要救救在下啊。」

唐一明、王猛、金勇、孫虎、陶豹等人見了，心中都是一陣竊笑，沒想到晉軍中還會有如此的將軍。

唐一明見諸葛攸如此，急忙站起身將諸葛攸扶起，道：「哎呀，我的諸葛將軍，你這是怎麼了？幹什麼行如此大禮？瞧你的眼睛腫成這樣，是不是昨夜沒有休息好啊？」

「魯國公，我昨夜一夜未眠，在床上翻來覆去地睡不著，就是等著要見到魯國公你啊，希望魯國公救我一命。」諸葛攸道。

唐一明道：「諸葛將軍，此話從何說起？我可沒有想到要謀害你的性命啊。」

諸葛攸連忙說道：「不，不，在下怎麼敢這麼說魯國公呢，在下昨日去攔截燕軍的糧食，本來以為能夠大勝，然後向朝廷請功，不曾想糧食沒有搶到，反而損兵五千多人，大敗給燕軍。此次出征，純屬我個人意思，朝廷早有命令，不許與燕軍交戰，我違背了朝廷的命令，這可是要殺頭的大罪，此事一旦給殷浩知道，我就在劫難逃了，所以懇請魯國公救我一命。」

「我要怎麼救你呢？」唐一明問。

諸葛攸忙道：「此事一旦傳出去，必然會引來殷浩的責問，他也會派人來興師問罪。如果上面派人來，我只求魯國公為我作證，就說是燕軍來攻打泰山郡，兩方發生激鬥，致使我軍損兵五千多人，如此一來，上面也許就不會追究了。」

唐一明聽了，忍不住說：「諸葛將軍，這種謊話，連我手下人都不相信了，何況你的上官乎？」

諸葛攸臉上更形陰鬱，沮喪說道：「這……我也知道讓人難以相信，可是我想不到更好的辦法了。」

唐一明建言道：「諸葛將軍，咱們現在就好比是拴在一根繩上的螞蚱。」

「此話怎講？」諸葛攸一臉困惑地說。

唐一明道：「蹦不了你，也蹦不了我。正因為你帶著這兩萬大軍來，濟南城裏的燕軍才不敢輕舉妄動，所以我們兩個，少了任何一個人都會召來燕軍的攻擊。這種時候，我們是難兄難弟，越是困難的時候，越能顯示出真情來，你說對不對？」

「對，對，魯國公說得很對，在下願意侍奉魯國公為兄長，只要魯國公此次能幫我度過這次危機，我諸葛攸一定唯魯國公馬首是瞻。」諸葛攸激動地道。

唐一明呵呵笑道：「好，諸葛將軍，說得好。昨夜我也想了一整夜，為你想了個好辦法，不僅可以讓你高枕無憂，還能讓你向朝廷邀功請賞！」

「什麼……什麼辦法？竟然如此神奇？」諸葛攸急忙問道。

唐一明緩緩說道：「今日一早，我接到斥候來報，說丁莊發現了大批燕軍的死屍，丁莊也被夷為平地，八千多燕軍士兵屍體全

部被埋在下面。聽說昨天皇甫真帶著一萬騎兵和你交戰，而你的部隊殺死了一千多燕軍騎兵，這麼算來，燕軍此次應該是全軍覆沒了……」

「全軍覆沒？」諸葛攸打斷唐一明的話，吃驚地道：「怎麼會這樣？那些糧食呢？」

「探馬沒有發現糧食，只發現了一萬具燕兵的屍體，估計押運糧草的燕軍早早地就退走了，當皇甫真進入丁莊時，突然有神靈助你，將那些燕兵全部埋在莊內。諸葛將軍，這事就是你立下功勞的良機啊。」唐一明提醒道。

諸葛攸眼睛骨碌一轉，當即高興地一拍手掌，大聲道：「我懂了，一會兒我就寫捷報，說燕軍來攻打泰山郡，被我軍在莊內伏擊，經過一番血拼，我軍損兵五千餘人，將燕軍一萬騎兵盡皆屠戮。哈哈，真是個好點子。」

唐一明又提醒道：「將軍，你要記住，關於燕軍押運糧草的事，千萬不能說出來，也要讓手下的士兵把嘴管嚴。」

「我懂，我懂，這叫神不知鬼不覺。」諸葛攸歡喜地說道。

唐一明呵呵笑道：「既然諸葛將軍都明白，那就好辦了。只要諸葛將軍得到朝廷封賞，我也能欣慰了，如此一來，你我二人坐鎮泰山，燕軍便不敢隨便亂動了。」

諸葛攸當即拜謝道：「多謝魯國公大義，大恩不言謝，日後要是有用到諸葛攸的地方，就請魯國公開口，諸葛攸必定竭盡全力，為魯國公辦事。」

「自家兄弟，何必說那種話！不過，我現在確實有一件棘手的事，想請將軍幫忙一下。」唐一明道。

諸葛攸立即道：「魯國公儘管開口便是。」

「如今已進入秋季，再過幾個月，天氣會越來越冷，我泰山上的三十多萬居民卻沒有一個人有過冬的衣服，我想請諸葛將軍做個中人，從南朝購進一批棉花和布料運到泰山，以備過冬之用。」唐一明道。

諸葛攸聽了，說：「此事倒是難住我了，眾所周知，南方溫暖，就算是冬天，也不會太冷，而且南方種植的作物多為稻穀，棉花的種植一般都在北方。當今天下，亂世橫行，北方戰火不斷，良

田變得荒蕪，想要購進棉花的話，只有去燕國了，燕國的幽州境內種植了不少的棉花，是盛產地。所以，此事我也無能為力，還請魯國公莫要怪罪。」

唐一明聽了，道：「這個我知道，我也只是抱著試試看的心態。既然沒有棉花，那總該有布料吧？不知道諸葛將軍願意不願意幫我這一次，運送一些布料來呢？」

「布料自然是有，不過購買布料所需的金銀嘛，我可就沒有了。」諸葛攸叫窮道。

唐一明朝陶豹和孫虎招了招手，兩人便將身上背著的兩個包袱給取了下來，放在桌子上。

唐一明打開包袱，裏面包著許多金銀珠寶：「將軍，這是一些薄禮，只要將軍願意幫我購進一些布料，這兩包金銀珠寶就算是我對將軍的謝金。」

諸葛攸看見琳琅滿目的金銀珠寶，眼睛立即露出極為貪婪的神情，雙手情不自禁地便去撫摸著那些金銀珠寶。

王猛早已看出諸葛攸的貪婪之色，便走到諸葛攸身邊，說道：

「諸葛將軍，這只是我家主公的一點小小心意，如果將軍能幫助我家主公完成此事的話，事成之後，我家主公必定會有更豐厚的酬謝。」

諸葛攸哈哈笑道：「魯國公真是太豪爽了，布料的事就包在我身上，月餘內，我定然會讓人想辦法運來布料，到時候一手交錢一手交貨，魯國公將錢準備好就是了。至於棉花的事嘛，南朝雖然不怎麼種植，可並不是沒有，就算沒有，我也能掘地三尺幫魯國公將棉花找出來。此事魯國公大可寬心，我一定會竭盡全力為魯國公辦理此事的。」

唐一明聽了，拱手笑道：「那就多謝諸葛將軍了。」

「不用謝，不用謝。」諸葛攸邊說著，邊將包袱給包起來，然後藏在一根梁柱後面，生怕別人看到。

「諸葛將軍，如今戰亂不斷，你又如何將那些布料、棉花運到這裏來呢？」唐一明好奇地問道。

諸葛攸嘿嘿笑道：「魯國公有所不知，在下兄長諸葛炎是朝中的尚書令，殷浩大軍北伐，一半的糧草都是我兄長徵集的。我兄長

可以將那些布料、棉花當成糧食運到殷浩軍中，然後再從殷浩手下的主簿運抵到我這裏。過幾天，殷浩就該從壽春起程了，我也正好利用這次機會將布料、棉花運到這裏來。」

「只是短時間內如何籌集如此多的布料和棉花呢？」王猛好奇地問道。

諸葛攸道：「不用擔心，布料和棉花國庫中都有，不用再臨時籌集，只需我兄長一聲令下，便可運抵三十多萬人用的物品來。不過，國庫的東西畢竟是朝廷的，動用了就要補充進去，所以還希望魯國公將金銀準備好才是。」

「這個自然，將軍請放心！」唐一明道。

諸葛攸點點頭，道：「今日魯國公為在下出了一個好計策，使在下得以逃過一劫，我在此擺宴款待魯國公，以盡地主之誼。」

「呵呵，那就麻煩諸葛將軍了。」唐一明道。

諸葛攸連忙道：「不麻煩，不麻煩，誰叫你我是兄弟呢？」

「哈哈哈……」

從泰山郡回來後，闞二牛帶來了燕軍的最新消息，皇甫真在丁莊一戰中奇蹟般地逃回濟南城，從此加緊了濟南城的防範，並且增設許多暗哨，對於任何消息也變得更加謹慎起來。

諸葛攸也變得相對老實了，自從他被皇甫真打敗後，知道自己並非燕軍的對手，便一直龜縮在泰山郡城裏。值得慶幸的是，諸葛攸按照唐一明教他說的寫了捷報，朝廷果然予以嘉獎，還特意派人送去足夠他屯兵三個月的糧食。

丁莊一戰確確實實成了燕軍和晉軍的導火線，攻打廣固的慕容恪調集了一萬騎兵增加了濟南城的防守。晉軍方面，姚襄的前部三萬軍隊一舉攻克了譙郡，獲得大勝。

諸葛攸和姚襄的捷報接連地傳到殷浩耳中，殷浩大喜之下加緊了步伐，終於在三日後帶領二十多萬大軍向北進發，直逼許昌。

四日後，泰山郡城下，唐一明和諸葛攸並排騎在馬背上向南眺望，焦急地等待著什麼。

「魯國公，你放心，七日前，我就已經派人給我兄長送去了加急文書，讓他暗中調度一切。四天前，你要的布料和棉花都已經秘密抵達了壽春。殷浩一走，便可以借著押運糧草之機，一併將你所要的物品全部送來了，今天你就等著讓你的部下忙碌吧！」諸葛攸殷勤地說道。

「沒想到諸葛將軍辦事如此牢靠，也如此迅速，實在是國家的棟梁啊。」唐一明讚道。

諸葛攸擺擺手，笑道：「魯國公過獎了，殷浩帶著二十多萬大軍軍隊已經到了譙郡地區，加上姚襄這個羌人當先鋒部隊，相信不出十天，必定會攻下許昌。燕軍在中原大敗，我和魯國公就會成為青州、兗州首當其衝的先鋒了，到時候在戰場上，還要多多仰仗魯國公才是。」

「諸葛將軍說笑了，我泰山上的軍隊加在一起才四千多人，怎麼能和諸葛將軍的大軍相提並論呢？段龕現在被燕軍團團包圍，如果到了危險的時候，肯定會冒死派人請求歸附天朝，再加上謝將軍那三萬軍隊，三路大軍夾攻青州燕軍，也許青州的局勢能夠扭轉。」唐一明緩緩地說道。

至始至終，唐一明都沒有讓諸葛攸知道他到底有多少兵馬，一直虛報人數，就是為了防止萬一。

諸葛攸聽了，哈哈笑道：「魯國公不愧是魯國公，就是不一樣，想的總是比我深遠許多。」

唐一明道：「將軍，金銀財寶我已經準備好了，按照你說的價錢，準備了五車金銀，今天正午便會運抵太守府。這可是我之前從濟南城掠奪來的所有財物，為了買這些布料和棉花，我算是下了血本。將軍，這些布料和棉花到底有多少？怎麼會那麼貴？你不會是暗中搞什麼鬼吧？」

諸葛攸一聽這話，神情立刻變得緊張起來，急忙擺手道：「魯國公，我諸葛攸誰都能騙，就是不敢騙你，這些物品都是按照市場價來定的，一文錢也不會多。魯國公，你想想，這是國庫裏的東西，我要是敢隨便給你玩虛的，我還想活命嗎？你放心，家兄已經準備了六十萬人用的布料和棉花，足夠一個人做四五套棉衣的了。」

「六十萬？是不是太多了？我只有三十多萬人，用不了那麼多啊？能不能退回去一點？」唐一明故意討價還價地說道。

諸葛攸急忙說道：「那怎麼行？運都運來了，而且還不收運費，這國庫的東西偷運出來不容易，我是為了魯國公著想，所以才運來那麼多的。你想想，北伐勝利後，你也是有功之人，朝廷還會不將齊魯這塊地方敕封給你嗎？你現在已經是魯國公了，再往上就是王了，他日你得到了齊魯這塊地方，做個齊王或者魯王也不是不可能的事。魯國公，兄弟在這裏先預祝你他日稱王了。」

唐一明聽諸葛攸油嘴滑舌的，天知道他到底從中間黑了多少錢，幸虧他早有先見之明，一口咬定只從濟南城裏拉出五車金銀珠寶，不然的話，他的損失會更多。

「承蒙將軍吉言，他日我做了王，一定忘不了你。」唐一明拱手道。

諸葛攸笑了笑，心中暗暗想道：「嘿嘿，唐一明，你做夢都想不到，老子運來的這些布料和棉花都是免費的，你那些錢財都要落入我的腰包裏啦……等打完仗，回到建康時，看我不買處大宅子，再娶上幾個小妾，好好地享受一番。哈哈哈！」

一支橙色的運糧軍隊浩浩蕩蕩地向泰山郡開來，長長的運糧隊伍猶如一條長蛇，盤旋在大地上，緩緩向前蠕動。

當隊伍出現的時候，諸葛攸高興地指著說：「魯國公，你看，來了！我的糧食和你要的東西全都來了！」

此時，從泰山方向也駛來幾輛馬車。他拍了一下諸葛攸的肩膀，道：「諸葛將軍，你看，錢財也來了，今天我們是一手交錢，一手交貨！」

押運金銀的士兵在陶豹和孫虎的帶領下，停在唐一明面前。

「都運來了嗎？」唐一明問。

陶豹道：「按照主公的吩咐，俺們已經將錢財全部裝車，一文錢也不曾少。」

唐一明笑了笑，對諸葛攸說道：「諸葛將軍，請驗收吧。」

諸葛攸走到其中一輛馬車邊上，背對著晉軍打開了一個木箱子。當箱子被打開的瞬間，諸葛攸露出了滿意的笑容，便衝一名晉軍將軍喊道：「趙將軍！」

「你帶著一百騎兵，將這五輛馬車上的箱子運到太守府，搬到

我的房間裏，任何人都不許靠近！」諸葛攸強調說。

趙忠點點頭，向後招了招手。一隊騎兵便奔了過來，從唐一明手下的士兵手中接過箱子，押運著回到城裏。

說話間，押運糧草的晉軍將官來到他們面前，先向諸葛攸彙報了一些事後，便將糧食押運到城裏。

後面正是唐一明所要的布料和棉花。唐一明看到長如盤龍的車隊，真的是無比的壯觀，同時對晉朝的富庶也感到吃驚。六十萬匹布料，六十萬斤棉花，這是多麼龐大的數目，可就是這麼多的東西對南方的晉朝來說，簡直是九牛一毛。

唐一明只帶了一千名士兵，無法管理這麼多的車輛，也只好讓那些運送的民夫再辛苦一趟，跑一次泰山了。

唐一明告辭了諸葛攸，帶著士兵護送這些車輛回泰山，山上的民眾一直忙到天黑，才將這些物品全部搬到倉庫裏。

第五章

北伐失敗

只見關二牛氣喘吁吁地坐在地上，
見唐一明來了，急忙站起來道：
「主公，大事不好了……晉軍……晉軍北伐失敗了。」
這句話如同一聲驚雷，唐一明聽了不自禁地向後退了兩步，
幸虧被孫虎及時扶住，才不至於倒在地上。

為了迎接即將到來的嚴冬，唐一明做足了準備，這些布匹和棉花只是其一，他還想出了供暖設備，反正他現在有煤礦和鐵礦，不愁沒有資源。

此外，泰山上的改造工程略有小成，民眾住的地方鋪成了一條水泥路，道路兩邊修建了水渠，就算下雨，雨水也不會積塞，會順著水渠流向月牙湖，而月牙湖裏的水渠又延伸到農田裏，可以充分灌溉農田之用。

這天，唐一明沒什麼事，便早早地從訓練場回到將軍府，打算好好地陪陪老婆；李蕊懷孕已經三個月了，肚子也一天一天地隆起。

除了李蕊，還有許多女人也懷孕了，這是泰山上的第一批新生兒。為了照顧這些孕婦，唐一明特別建了一個衛教所，讓有生育經驗的女人可以照顧那些即將生育的女人；這些孕婦每天沒事的時候，還能坐在一起彼此聊聊天，也不至於煩悶。

唐一明抱著李蕊，正在享受難得的休息時，突聽孫虎在外面喊道：「主公，關二牛回來了，人在前廳，說有要事稟報主公！」

到了前廳，只見關二牛氣喘吁吁地坐在地上，見唐一明來了，急忙站起來稟報道：「主公……大事不好了……晉軍……晉軍北伐失敗了。」

這句話如同一聲驚雷，唐一明聽了不自禁地向後退了兩步，幸虧被孫虎及時扶住，才不至於倒在地上。

「這……這怎麼可能？三天前殷浩才帶大軍二十多萬進駐譙郡，才三天的時間，二十多萬人啊，就算是饅頭，也夠燕軍的士兵啃上一陣子的了，怎麼說敗就敗了？你快說，晉軍到底是怎麼敗的？」唐一明不敢置信地問道。

關二牛報道：「主公，晉軍北伐失敗，不是被燕軍打敗的，而是內亂引起的。大軍進發時，誰知道卻突然遭到姚襄的襲擊，以至於晉軍毫無防備，被姚襄率領的三萬軍隊一陣掩殺，大敗而歸，丟失糧草輜重無數，退守譙郡。姚襄向南逃竄，讓其兄姚益固守山桑，他則帶著大軍馳入淮南。殷浩因為在伏擊中受傷，加上兵無戰心，被迫中止北伐，已經撤退了。」

唐一明納悶地說：「姚襄前次不是取得了譙郡大捷嗎？為什麼

會突然襲擊殷浩呢？」

關二牛道：「姚襄和殷浩兩人早有過節，這次姚襄取得首功，讓殷浩十分嫉妒，正好姚襄手下的一個羌人暗通燕國，殷浩便一口咬定是姚襄指使，要論罪斬首，好在有幾位大將勸說，這才免去姚襄的死罪。殷浩讓姚襄擔任先鋒，帶領三萬軍隊去攻取許昌，如果攻打不下來，就論軍法從事；許昌城裏駐守著十五萬燕軍，姚襄只有三萬，料想不會成功，便暗中埋伏，襲擊了殷浩。」

唐一明重重地嘆了口氣，道：「這件事來得太突然了，本以為可以借助晉軍北伐的勢頭奪取青州……唉！對了，諸葛攸和謝尚知道嗎？」

關二牛道：「謝尚的三萬大軍已經從下邳撤軍，只留下當地投降他的一支不足萬人的軍隊。諸葛攸現在不清楚動向，不過，估計消息他也已經知道了。」

「他娘的賊老天！你這是要弄老子嗎？如此一來，燕軍就會佔據整個中原，我要想佔據青州還要過上許多時候！哼，老子恨透你了！」唐一明仰天大罵道。

唐一明的罵聲剛落，便見王猛從外面走進來，看見關二牛和孫虎也在，便道：「主公，晉軍北伐失敗的消息你已經知道了？」

唐一明點點頭，道：「軍師，你也是為了此事而來吧？」

王猛道：「正是。晉軍撤退了，中原之地將全部置於燕軍的鐵蹄之下。主公，如今燕軍聲勢浩大，我們當務之急是加強防範，嚴守入山的各個要道，靜觀其變。」

「嗯，晉軍北伐只是個小插曲，我們以後要走的路還很長，只有守住泰山，我們才有機會在以後的時間裏去佔領更多的地方。孫虎，你馬上吩咐下去，讓負責守衛的士兵加強防範，原來的兩次交換班改成三次，每四個時辰換一次班，晝夜不停地堅守。」唐一明交代道。

「是，主公！」孫虎領命而去。

「關二牛，你現在的偵察範圍到了哪裡了？」唐一明問。

關二牛答道：「啟稟主公，一部分在秘密監視廣固之戰，另外一部分已經滲入到了淮南一帶。」

「很好！姚襄襲擊了北伐大軍，已經跟晉朝鬧翻臉，兩軍間必然會有一連串的惡戰；你要加派人手，秘密監視姚襄軍團的動向，一有消息，就派人回來稟告。」唐一明吩咐道。

關二牛道：「主公放心，屬下一定完成任務，先就此告退！」

王猛見關二牛走了，道：「主公，你莫非打算收服姚襄？」

「呵呵，什麼事都逃不過軍師的法眼。不錯，我是有這個打算。自從譙郡大捷之後，我就讓人一直暗中調查姚襄，這個人確實是個人物，他雖然是羌人，卻好過晉朝的許多漢人。如今南有晉朝，北有燕國，我們雖然表面上歸附晉朝，也只是權宜之計；如今晉軍南歸，中原之地無人再敢和燕軍抗衡。我聽說羌人的騎兵非常厲害，我軍主要是步兵，如果能夠收服姚襄這支勁旅，那麼對我們的實力也會大大地增強。」唐一明分析道。

王猛道：「主公，你的想法我明白，只不過姚襄是羌人，泰山上都是漢民，對於胡人有所排斥，我怕主公將姚襄弄到山上來，會生出一些不必要的摩擦；更何況姚襄算是一方豪傑，也有稱霸天下的野心，早年他在關中和氐人爭奪，因為沒有爭過氐人，被迫從關中退了出來，由此可見姚襄的志向不小。」

「我既然敢收服姚襄，就一定有辦法控制他。」唐一明很有自信地道。

王猛無奈地道：「既然主公心意已定，屬下也只能唯命是從。不過，屬下想提醒一下主公，姚襄這支羌人部族，野性難馴，主公想收服他，必然要將他逼迫到走投無路之時，他或許才會想要投降；至於以後會帶來的麻煩，屬下會盡力為主公想方設法去平息的。」

姚襄何許人也？據關二牛不斷打探的消息，姚襄的資訊也一點一點地浮現在了唐一明的腦海中。

姚襄，字景國，羌人，是姚弋仲的第五子。原隨其父歸後趙，因為才華出眾，所以羌族眾人請求姚弋仲立姚襄為繼承人。姚弋仲起初以姚襄不是長子，並不允許，然而請求的百姓很多，姚弋仲才開始讓姚襄帶兵。

姚弋仲去世後，由姚襄續統其眾，率軍南下，一邊作戰一邊前進，終於到達東晉邊界，單人匹馬渡過淮河，於壽春面見謝尚，二人一見如故。

不過，姚襄因為殷浩第一次主導的北伐中敗給了氐人的秦國軍隊，知道北方的秦國和燕國勢正強，不願貿然再度北伐，就在淮河兩岸大量屯田並訓練士卒，招集流亡之人，鼓勵農桑。然而此舉卻使殷浩頗為忌憚，屢次派刺客暗殺，但最終都告失敗。

姚襄隱忍多時，終於在此次殷浩主導的二次北伐中爆發出來，暗中埋伏，襲擊了殷浩的北伐大軍。

三日後，諸葛攸從泰山撤軍，臨走時，還特地將自己軍中的糧草分出一半給了唐一明，也不枉唐一明和他相識一場了。

諸葛攸撤軍之後，泰山周圍又恢復了平靜。周圍的郡縣只要還有人居住，都被唐一明遷移到泰山上，以至於周圍的郡縣都成了無人之地。

唐一明並不是不想佔領城池，而是現在佔領城池，無異於自取滅亡。泰山雖然沒有城池好，可是個險地，有險可守，燕軍不一定能夠攻打進來；再加上泰山上有山有水，風景宜人，氣溫和土壤都適合進行農耕，如此絕佳的地方，唐一明是萬萬不能捨棄的。

又過了十天，慕容恪還是沒有攻打下廣固城，雙方也進入到戰爭的最後階段，因為廣固城裏已經開始有逃兵了。

中原一帶盡數被燕軍佔領，燕軍將邊界推到了淮河流域，與晉軍形成對峙。在西邊，燕軍佔領了洛陽，直接與秦國交界，雙方雖然都是虎視眈眈，卻誰也不願意先動，中原局勢逐漸安定下來。

淮南一帶，姚襄和殷浩派來的晉軍經過了幾次大小戰鬥，均以晉軍失敗告終。姚襄這大半月來收服流民，跟隨他的人越來越多，軍民加在一起共有十萬人之眾。殷浩得知後，忍無可忍，調集大軍圍剿，姚襄被迫退出芍陂，北渡淮河，向東流竄。

消息傳到泰山時，已經過了四天了。

近一個月的時間裏，唐一明一直在努力改造泰山，除了登山階梯外，其他的工程均已經告了一個段落，製衣廠也在不停地趕工，製造出過冬的棉衣；周雙帶著兵工廠的人，按照唐一明的吩咐，打造出暖氣設施，也都安裝進了每家每戶。

唐一明正在指揮著工人修建上山階梯，聽到姚襄從淮南向東北方向流竄後，急忙讓手下繼續指揮工人，他則回到將軍府。

到了將軍府，唐一明打開地圖，自語道：「真是天助我也！中原盡數為燕軍所占，姚襄又被趕出淮南，此時只有青州和徐州的局勢未定，徐州只是一些漢民割據，沒有多少兵馬，姚襄既然向東北方走，就必然會流竄到徐州，那我也不用再花什麼工夫去找他了。哈哈哈！」

「主公，什麼事情讓你笑得那麼開心？」王猛走了進來，一進門便聽見唐一明放聲大笑，於是問道。

「軍師，姚襄已經被迫從淮南退走，向北渡過淮河，朝東北方而去。東北方就只有徐州，也就是說，姚襄要到徐州了。」

「主公，你打算怎麼對付姚襄？」王猛問。

唐一明道：「暫時還沒有想好，聽說燕軍攻打廣固已經進入尾聲，這幾日廣固城裏不斷有逃出的士兵和百姓，我想趁著廣固之戰還沒有結束之際，將姚襄收服過來。不然的話，到時候中間夾個慕容恪，我軍行動起來不是那麼順暢。對了，皇甫真還在濟南城裏？」

王猛點點頭，道：「皇甫真變得謹慎了，一直固守在濟南

城裏。」

「這樣也好，省得他哪天心血來潮了，帶兵出來攻打泰山。」唐一明道。

王猛又道：「軍隊的訓練都已告一個段落，那些女兵已經成了一支精銳的隊伍，完全可以獨擔大任！以屬下看，這次和姚襄作戰，不如就用女兵來打吧，一來加強女兵的實戰經驗，二來，一旦姚襄知道打敗他的是一支女人組成的隊伍，便會對主公有所敬畏。」

唐一明笑道：「可以，不過，還是要有一些男兵來做一些奇襲的任務。軍師，這次我要親自出征，你就留在山上統管全局。」

王猛道：「羌人驍勇善戰，一點也不亞於鮮卑人，主公是一山之主，不能犯險，屬下可以不費一兵一卒便說服姚襄來投！」

唐一明想了想，道：「那好吧，那軍師小心點，羌人不是那些塢堡的堡主可以比的！」

一個月後，王猛果然成功說服了姚襄，並且將姚襄的幾萬羌民都帶回泰山，泰山上也再次熱鬧無比。唐一明制定出一套胡漢分制的辦法，將山下的葫蘆谷讓給羌人居住，並且修建了民房和一些基礎設施。

唐一明在將軍府的大廳裏會見了姚襄一族，姚益、姚華、姚蘭、姚萇、姚勉等都是羌人裏出類拔萃的，皆得到唐一明的厚待。

唐一明為了縮小胡漢之間的隔膜，主動迎娶姚襄的女兒姚倩，還發佈了胡漢通婚令，並親自舉行一百對胡漢男女結婚籠絡羌人，使得羌人死心塌地地跟著唐一明，也正式確立下來以漢人為主，羌人為輔的小型割據政權，一個大國也即將在泰山裏崛起。

泰山在平靜中度過，可是晉朝方面卻有了新的動向，殷浩二次北伐，因為姚襄倒戈反擊，致使晉軍全線潰退。桓溫落井下石，奏請朝廷罷免殷浩。

另外，晉朝也知道了唐一明將戴施和玉璽送給燕國的消息。加上唐一明又收留了叛徒姚襄，晉朝對唐一明簡直是恨之入骨，於是晉朝便派遣桓溫帶兵十五萬，從壽春出發直取泰山。

唐一明將眾將召集在一起，商議一番之後，便對岳父姚襄說道：「我知道你的隊伍裏用的是鐵製的兵器和鎧甲，這種質地的兵器殺傷力不如鋼製的兵器，我的兵工廠已經生產出多餘的鋼製兵器和鎧甲，大戰在即，我幫你們改良裝備，換上精良的武器裝備，這樣上陣的時候，也能顯得更加勇猛。」

姚裏聽後，拜謝道：「多謝主公。」

唐一明笑道：「都是一家人了，還謝什麼？二牛，慕容恪那邊有什麼動向？」

關二牛道：「主公，燕軍已經圍困廣固長達三個多月，廣固城裏有不少逃兵，但凡逃出來的士兵，都受到了燕軍的熱情款待，城裏的其他士兵也都蠢蠢欲動，估計用不了半個月，廣固城就會不攻自破！」

「嗯，我知道了，你們都下去準備吧。金勇，你留下。」

眾人散去，金勇問道：「主公是不是有什麼重要的事吩咐我去做？」

「聰明，我想讓你帶上二百個炸藥，偷偷去和皇甫真做個買賣，告訴他這些炸藥的威力，讓他知道，我們無意與燕軍為敵；而

且晉軍打過來了，目標是青州和徐州，告訴他這些話，他應該就會明白我的用意，那麼桓溫也就用不著我們來對抗了。至於他用什麼東西來換嘛就隨便了，最好是糧食。你今天就動身去濟南，濟南你比較熟，武功也高，皇甫真應該奈何不了你。」唐一明道。

金勇道：「諾！屬下遵命！」

濟南城。

「唐一明派你來幹什麼？」

皇甫真端坐在太守椅上，看著金勇，厲聲問道。

金勇恭敬地朝皇甫真拱手，道：「在下奉我家主公之命，特地來和皇甫將軍談筆買賣！」

「買賣？哼！我和你們是敵對方，有什麼買賣可以談的？」皇甫真冷聲道。

金勇道：「皇甫將軍，我家主公說了，這世上沒有永遠的朋友，也沒有永遠的敵人，只有永遠的利益；這次我奉我家主公之命前來，就是為了我們兩家的利益而來的。」

「利益？我大燕國和你泰山賊寇有什麼利益可談的？來人啊，將他給我轟出去！」皇甫真厲聲道。

金勇毫不畏懼地道：「你們大燕已經大難臨頭了，難道還不知道嗎？」

「等等！」皇甫真聽到金勇的話，急忙問道：「你剛才說什麼？」

「我說你們大燕已經大難臨頭了，現在只有做成了這筆買賣，才能解除你們的危機。」金勇道。

「笑話，我大燕國實力強盛，已經佔據中原各郡，過不了多久，青州、徐州也將劃入我大燕的版圖，帝國正在蒸蒸日上，哪裡來的危機？」皇甫真說。

金勇哈哈笑道：「我聽說皇甫將軍是燕國八大名將之一，今日一見，真是言過其實，竟然連燕國潛在的危機都看不出來。」

皇甫真確實是大燕國八大名將之一，八大名將是燕國首屈一指的重要人物，都為大燕國立下了汗馬功勞。第一是慕容恪，第二是慕容垂，第三是慕容評，第四是慕輿根，第五是皇甫真，第六是慕容軍，第七是孫希，第八是傅顏。此八人，都是戰功赫赫的人物，慕容儁剛繼位燕王寶座時，便同時將此八人封為八大將，皇甫真能排在第五，確實是有他的過人之處。

「那你說說，我大燕有何潛在危機？」皇甫真道。

金勇道：「皇甫將軍當真不知？」

「不知。」皇甫真道。

金勇道：「那皇甫將軍可曾聽說晉軍又再次派軍北伐的消息嗎？」

這個消息皇甫真自然知道，而且他還將此消息稟報給了大將軍慕容恪，只是因為燕軍正在廣固苦戰，一時無暇防備，只求快速攻下廣固，然後禦敵。皇甫真更是接到慕容恪的命令，籌集糧草，訓練士兵，以備不測，而且，晉軍動向不明，只知道是向北而來，領軍人物是桓溫，具體攻打哪裡，還一直是一個謎。

皇甫真呵呵笑道：「自然知道，那又怎地？」

金勇又問道：「皇甫將軍，可曾記得那次丁莊之戰嗎？」

皇甫真聽到這話，心中便猛然一震，丁莊一戰，他帶領一萬精

銳騎兵前去，除了和晉將諸葛攸對戰時戰死一千多外，其餘八千多人盡皆在丁莊中喪生。當時那種震耳欲聾的轟隆聲以及士兵被炸飛的慘狀，他仍歷歷在目。

丁莊之戰，也成了他戰爭生涯中最為慘痛的一仗！全軍覆沒，這個教訓對於一個已經位列燕國八大將的人來說，打擊是非常的大的。

「你……你到底要說什麼？」皇甫真怒道。

金勇呵呵笑道：「我今天帶來了一件禮物，想獻給皇甫將軍，以做我軍的誠意。」

說話間，金勇便取下背上的包袱，從包袱中取出一個四四方方的炸藥包來。

皇甫真見了便嚇了一跳，急忙後退了好幾步，指著那個炸藥包說道：「這……這東西你是哪裡來的？快拿走，快拿走。」

有道是一朝被蛇咬，十年怕井繩。金勇見到皇甫真的驚慌失措的模樣，心中想道：「看來丁莊一戰確實給皇甫真留下了極深的印象，也讓他對炸藥包害怕不已。主公說得不錯，與其去直接找慕容

恪談買賣，不如找皇甫真談。」

「丁莊一戰，實際上是我軍暗中操縱。這叫炸藥包，是我軍研製出的秘密武器，除了在和皇甫將軍作戰中用過之外，其餘地方均沒有露過面。這炸藥包的威力，我不說，想必皇甫將軍也應該知道了吧？」金勇慢條斯理地說道。

皇甫真又仔細看了看那個所謂的炸藥包，見周圍沒有冒煙，這才鎮定下來，重新坐回了太守的椅子上。

他定了定神，說道：「你說的買賣，就是指這個東西嗎？」

金勇點了點頭，說道：「正是。如今我們泰山之上，最缺少的就是糧食，所以，我家主公特地派我來和貴軍談一下買賣。用這些炸藥包，換取一點糧食。」

「糧食？哼！虧你還說得出來。你可知道現在是什麼時候了嗎？天下剛剛經歷過一場大旱，莊稼都是顆粒無收，大燕國也快要到了殺馬充饑的時候了，你還想和我們大燕國換取糧食？」皇甫真道。

金勇道：「換不換由你們，不過，晉軍大股前來，雖然沒有說明是攻打誰，您也可以想像得到晉軍的矛頭直接指向的是誰。現在貴軍正在陷入苦戰，你們已經圍攻廣固快三個月了，一直沒有攻下來，如果晉軍在此時到來，恐怕勢必會使貴軍陷入被動局面。這炸藥包的威力，只需要幾個，便足可以炸開廣固城的城門。一旦廣固城的城門被炸開，你們再一擁而上，何愁廣固攻打不下？段龕被滅之後，貴軍再專心對付晉軍，我軍絕對不會給貴軍騷擾，只要貴軍不攻打我軍，我軍是不會攻打貴軍的。」

「我聽說晉朝敕封唐一明為魯國公，鎮北將軍，這樣說來，你們應該是晉軍的人，為什麼還要反過來對付晉軍呢？」皇甫真好奇地問道。

金勇答道：「呵呵，皇甫將軍，你別忘記了，我剛才說過。我家主公說，這個世界上沒有永遠的朋友，也沒有永遠的敵人，只有永遠的利益。我家主公站在利益的一方，自然會幫助貴軍。我家主公從來都沒有想過要反抗燕軍，一直以來，都是逼不得已而為之。我家主公最想要的，就是在泰山上過著安定的生活，無憂無慮，不想參加戰爭。可是往往事與願違，也只能被迫舉起刀槍，前幾次和貴軍的不歡，也實屬無奈。所以，這次我軍本著十分誠懇的態度來和貴軍合作。」

「怎麼樣的合作法？」皇甫真問道。

金勇見皇甫真來了興致，便繼續說道：「貴軍一向志在天下，這是我家主公知道的。可是天下河山，多不勝數，若是一點一點地打下去，不知道貴軍要打到何年何月了。所以，我家主公願意和貴軍合作，出售給貴軍一些先進的武器，以幫助貴軍完成統一天下的宏圖霸志。」

皇甫真想了想，問道：「那你們還有多少這樣的東西？」

「一共只剩下二百個了。」金勇道。

「這事情我做不得主，我還要向大將軍請示一下。」皇甫真道。

金勇道：「這個自然，既然貴軍有此誠意，那我就可以回去跟主公交差了。哦，這個炸藥包就留給貴軍吧，在下告辭。」

「等等，這個東西怎麼用？」皇甫真急忙問道。

金勇指著炸藥包上面的一根引線，說道：「用火點燃它，十米之內，人畜都能被炸死或者炸成重傷。」

皇甫真對金勇說的深信不疑，因為他曾經親身體驗過。他見金勇要走，便急忙對手下的士兵說道：「送漢使出城！」

金勇臨走時，向著皇甫真拜了拜，道：「多謝將軍。」

皇甫真見金勇走了，他急忙走到了炸藥包的身邊，臉上顯得很是高興，自言自語地說道：「如果我軍有了這東西，就會成為所向無敵的軍隊，而且還不用費一兵一卒，真是個神物啊。只是，如此的神物，唐一明是怎麼樣研製出來的呢？不行！我得親自到廣固前線一趟，去面見大將軍。」

話音剛落，皇甫真便喚來了一個將軍，對那個將軍說道：「我有急事要去廣固前線，濟南城就暫時交給你把守，不管遇到什麼事情，都不要出戰，只需堅守，知道了嗎？」

那個將軍回答道：「是，將軍，屬下明白。」

皇甫真收起了炸藥包，騎著一匹快馬，帶著十幾個親隨，便出了濟南城，以最快的速度向著廣固前線奔去。

第六章

天下大勢

「慕容俊將塞外的兩百萬民眾全部遷徙過來，
另外，他還將遼東的居民也一併遷過來，
半個月後應該就會有第一批民眾到達青州。」關二牛道。
唐一明道：「很好，既然如此，那我軍就坐觀天下大勢吧。」

廣固城外，燕軍大營。

中軍大帳裏，慕容恪端坐在帥座上，左手邊站著陽鶩，右手邊站著慕容垂，中間站著皇甫真，四個人的眼睛同時盯著放在地上的一個炸藥包。

「楚季，你說的可都是實情？」慕容恪問。

皇甫真道：「屬下所言，句句實情，絕對不敢有半句虛言。」

「一個小小的東西，怎麼會有如此大的威力？」慕容恪想不透地道。

「屬下也不知道，只知道這東西確實是威力驚人，當日丁莊一戰，我的八千多部下就是死在這些東西的手裏，那個場面，屬下現在仍是記憶猶新。」皇甫真不堪回憶道。

「這唐一明搞什麼名堂，打打和和，現在又和我們做起買賣來了。玄恭，此人奸詐如此，是不是其中有什麼陰謀？」陽鶩道。

慕容恪道：「陽老看不透嗎？」

陽鶩道：「我自認為頗有識人之能，可是對唐一明卻實在是看他不透，不知道他到底是怎麼想的，又為何要如此做。」

慕容恪分析道：「唐一明是個勁敵，我初次見到他的時候，就感到他身上有一種說不出的氣息，可偏偏他又狡猾多變，讓我捉摸不透。不過，以此次他主動來做買賣來看，目的應該不在於和我軍換取多少糧食。」

「那是在於什麼？」陽鶩不禁問道。

慕容恪嘿嘿笑了笑，指著面前攤開的地圖說道：「你們看，晉軍已經到了彭城，用不了多少天便可以到泰山腳下，你們可知道桓溫此次為何沒有揚言攻伐什麼地方，而是偃旗息鼓地行動嗎？」

「請大將軍賜教！」陽鶩、皇甫真、慕容垂異口同聲地道。

慕容恪說：「其實，上次唐一明用玉璽和我軍換取糧食的事，我已經讓人悄悄地放出了風聲，加上這次唐一明又接納了晉軍叛將姚襄的部隊，使得晉軍對唐一明恨之入骨，所以此次桓溫出征，目的不是北伐，而是來攻打唐一明。」

「既然如此，那我軍就不用擔心了，儘管攻打廣固就是了。」皇甫真聽了道。

慕容垂肅容道：「恐怕事情沒有那麼簡單，桓溫是晉朝數一數

二的名將，曾經帶領軍隊滅了西蜀的成國，這種天大的功勞，不是一般人能夠完成的。按照桓溫的文韜武略，和他帳下驍勇的武將，他要是想攻打泰山的話，根本不需要十五萬人那麼多，可他偏偏帶了十五萬的軍隊，桓溫非殷浩所能比擬，目光遠大，高瞻遠矚。以我看，他此次前來，有兩層意思。」

皇甫真問道：「哪兩層意思？」

慕容垂看了一眼慕容恪，見慕容恪點頭，這才說道：「其一，就是為了攻打唐一明而來。唐一明盤踞泰山，有民眾三四十萬，糧食也多，如果攻破了唐一明，桓溫很有可能入主泰山，讓晉軍佔領此地；而且他所過之處，也會盡皆插滿晉朝的軍旗，如此一來，桓溫就等於直接佔據了徐州和部分兗州。其二，桓溫看似平平無奇的出征，卻暗藏著無限的殺機，這種殺機，是對我們大燕的威脅。我軍現在和段龕交戰，廣固之戰還沒有結束，如果桓溫佔領泰山後，派大軍攻擊我軍，段龕知道後，必然會死戰不降，從而將我軍陷入被動，青州之地也不復為我大燕所有。」

陽騖道：「不錯，道明說得非常有理。桓溫老辣陰險，又有大軍為輔，實在是個棘手的勁敵。如果讓他佔領泰山，對我軍而言，是百害而無一利，比唐一明這種小打小鬧的危險大得多。」

「泰山如今是一個重要的戰略位置，處於青州、兗州和徐州的交界處，加上地勢險要，進可攻，退可守，佔據此地者，便可以竊取三州之地。我還是那句老話，先攻下廣固，再攻打泰山，不過，現在看來，我軍攻下廣固之後要改變方針了，必須搶先向南攻擊，搶在桓溫到來之前佔領徐州部分，阻擋桓溫進攻的路線；如此一來，便可以將泰山置於我大燕的版圖之中，而唐一明就相當於是一個賊寇，什麼時候圍剿都可以。」慕容恪分析道。

皇甫真聽了，問道：「大將軍，那是否答應唐一明交換炸藥呢？」

「換！但是，這次絕對不能用糧食和他們換了。」慕容恪果斷地道。

皇甫真問：「那用什麼？」

「用戰馬！五十匹戰馬換一個這樣的炸藥包，把他所剩下的兩百個炸藥包全部換來，一百個用於攻打廣固城，另外一百個用於對

付桓溫。」慕容恪道。

「戰馬？大將軍，一匹戰馬的價值可比糧食多得多啊，一個炸藥包就算威力再怎麼驚人，也絕對不會值那麼多戰馬吧？」皇甫真驚道。

慕容恪眼裏閃過一絲光芒，嘴角也露出一絲詭異的笑容，說道：「楚季，你好好想想，上次咱們用玉璽跟唐一明換取的糧食，足夠他們用多久？」

「二十萬石糧食，應該夠他們的軍民用到明年三月的。」皇甫真思考道。

慕容恪老謀深算地道：「不錯，可是我軍一旦攻打下廣固城後，絕對不會在這裏等到明年三月，一旦攻下廣固、擊退桓溫後，最多休息一個月，然後就可以大舉攻伐唐一明，就算要圍山，也要消耗掉他們的糧食，一個炸藥包五十匹戰馬，二百個就是一萬匹戰馬，你們可以想像一下，一匹戰馬每天可以吃掉多少草料？我就是要用這些戰馬來拖垮唐一明，一旦戰馬將泰山上的野草吃光，唐一明拿什麼來餵牠們？還不是用糧食嗎？如此一來，我們便可以耐心地等候唐一明斷糧了。」

「大將軍，萬一唐一明不拿糧食來餵，而是將戰馬殺了呢？」皇甫真不禁問道。

「呵呵，你別忘了，泰山上還有一支羌人隊伍，據我所知，姚襄的騎兵就幾千人，而且戰馬也是劣質戰馬，如果唐一明得到了這一萬匹戰馬，為了籠絡羌人，肯定會將戰馬全部賞賜給羌人。羌人和我們一樣，都是馬上民族，對於戰馬的喜愛更非一般人所能比擬，要想餵出上好的戰馬來，就必須用糧食。羌人是絕對不會屠殺自己的戰馬的，唐一明如果要殺的話，就會和羌人鬧出矛盾來；如此一來，他們內部紛亂，又怎麼能夠齊心協力呢？」慕容恪道。

皇甫真佩服地道：「大將軍，我懂了，我這就按照大將軍說的做，回到濟南後，便選一萬匹戰馬作為交換的籌碼，換取那些炸藥包。」

慕容恪交代道：「記住，要挑選上等的戰馬，別吝嗇，只要拖垮唐一明，以後我們攻打泰山的時候，就不會費太大力氣了。」

皇甫真道：「大將軍放心，屬下明白！」

慕容恪道：「嗯，越快越好，我軍已經拖不起了。」

「是，大將軍。」皇甫真道。

「道明，我命你帶著兩萬精銳騎兵日夜不停地向南走，搶在桓溫前面佔領徐州城；若是桓溫攻擊徐州的話，你就相機而動，只要在那裡堵住桓溫七天，七天後，我必然會率領大軍援助你，與桓溫進行決戰。」慕容恪道。

慕容垂立即應是。

慕容恪又對陽鶩說道：「陽老，你傳令下去，讓圍城士兵嚴加把守，這三天的時間裏，不准攻擊廣固城，讓士兵好好地歇息一番，三日後楚季送來炸藥的時候，便發動總攻！」

陽鶩點點頭道：「我這就去辦。」

慕容恪吩咐完後，慕容垂、皇甫真、陽鶩便走出中軍大帳。慕容恪獨自坐在大帳中，眼裏露出一種異樣的神情，喃喃自語道：

「不管是誰，都休想阻止我大燕前進的腳步。」

皇甫真回到濟南城後，便命人去泰山與唐一明洽談交易的事。

唐一明見兩個炸藥包能換到那麼多匹戰馬，也是歡喜異常，絲毫沒有覺察到慕容恪的陰謀用心。

唐一明和皇甫真換來馬匹後，便帶著大軍回到泰山，他留下兩千匹戰馬，將另外八千匹戰馬全部送給了姚襄，眾人都沉浸在喜悅的心情裏。

農曆十月十三，雪。

進入秋季後，天氣逐漸變冷，大地也迎來初冬的第一場雪。大雪紛紛揚揚地連續下了一夜，到處都是白茫茫的一片。

陰霾的天空中還在飄落著雪花，廣固城外，慕容恪指揮著燕國的精銳士兵開始對廣固城發起了猛烈的進攻。

經過兩個時辰的激戰，白色的雪地上被殷紅的血跡染紅，在白與紅的交匯中，廣固城的城樓上也插上了燕軍的大旗。

十月十六日，天空中依舊下著大雪。

一連幾天的大雪，卻沒有讓泰山上的居民感到寒冷。唐一明早早便備好過冬的一切物資，他利用兵工廠幾座火爐的熱力，製造了一個暖氣系統。除此之外，唐一明還讓製衣廠利用從諸葛攸那裏買來的布匹和棉花，給所有人做了棉衣，凡是會針線活的人，無論男女老幼，都參與棉衣的製造，並分發給各戶。

這天一大早，唐一明便起來了。他穿上厚厚的棉衣，走出了將軍府。

放眼望去，大地是一層白色。他看見遠處幾個士兵正在打雪仗，他也忍不住加入一起玩了起來。

回到將軍府，便見關二牛等候在前廳。他急忙問道：「二牛，你終於回來了。燕軍戰況如何？」

關二牛回報道：「啟稟主公，燕軍已經攻克廣固城，段龕和眾多齊國官員被俘，慕容恪並未下令大軍進入廣固城，沒有驚擾百姓，對待投降的齊國將士也十分優待，他只派遣了一支軍隊接管廣固城的府庫，得到錢糧無數。」

「廣固城果然是個肥羊，看來這下燕軍的糧草充足不少。」唐一明聽了道。

關二牛接著說道：「慕容恪於廣固之戰數日前便派出慕容垂，

讓他帶領兩萬精銳騎兵進駐徐州城，抵擋住桓溫的去路；另外，慕容恪親自率領五萬精銳親赴徐州城，用炸藥挫敗了桓溫的先鋒軍，先鋒軍幾乎全部陣亡，加上嚴寒天氣，晉朝過冬物資不足，又退回壽春去了。」

唐一明呵呵笑道：「很好，一切都如我計畫的那樣。如此一來，燕軍也沒有後顧之憂，該轉而西進了。對了二牛，青州是不是已經盡數被燕軍佔領？」

關二牛點點頭，道：「是的。廣固城被攻下後，燕軍便傳諭各處，青州各城紛紛不戰而降。」

唐一明聽了，立即下令道：「讓所有的偵察兵回到泰山，慕容恪要開始著手對付我們了，我們必須充分地準備一下。」

農曆十月二十。

燕國幾十萬大軍經過數月拼殺，終於佔領了整個中原，把邊界推到了淮河流域，與東晉隔河相望，燕國的版圖一時間擴大了一倍。幽州、並州、冀州、青州、司州、兗州、豫州、荊州北部，徐州北部，全部掌控在大燕國的鐵蹄之下，燕國勢力頓時如日中天。

就在燕國攻打中原的同時，佔據關中的秦國聯合西北的羌人、鮮卑人，發動了攻打前涼國的戰爭。

前涼的建立人是漢人，原本是晉朝的涼州刺史，西晉滅亡後，率領部下堅守涼州，一手創立了涼國，並且將一部分羌人和鮮卑人趕出了涼州，這也是這個時代裏為數不多的漢人政權。

前涼所控制的地區很小，力量也比較薄弱，不似冉閔所建立的魏國那麼強大，所以在晉穆帝永和元年（西元三四五年），張駿自稱假涼王，對外仍然奉東晉為正統，按照晉時的官職制度在國內設立類似的官吏，前涼自此成為西北實際上的獨立王國。

張駿在稱王的第二年就死了，年僅十六歲的張重華接替了假涼王的位子，一直做到現在。張重華知道自己的力量薄弱，便竭力維護和周邊國家的關係。

氐人佔據了關中，在前趙原來的土地上建立了前秦，並且公然稱帝。前秦皇帝符健看到關東（函谷關以東）的慕容氏開疆闊土，也萌發了自己的雄心壯志，發兵五萬攻打他的鄰居前涼，大軍直指前涼重鎮枹罕（今甘肅臨夏）。

前涼名將謝艾率軍抵抗，與前秦軍隊相持數月，最後，前涼軍主動請求言和，兩家遂罷兵。秦軍沒有能夠取得像燕軍那樣的勝利，為了防止燕軍的西進，前秦皇帝符健派出重兵守衛弘農、潼關一帶。如此一來，晉、燕、秦三國鼎足而立。

泰山，在偌大的天下版圖上，只不過是個彈丸之地，可就是這個彈丸之地上，卻蘊藏著統一天下的決心和大志。積雪已經被打掃乾淨，百姓一如往常地進行簡單的勞作。軍隊也在不停地訓練，以預備迎接數月後的一場大戰。

偵察兵雖然都被召回，卻也沒有閒著，關二牛仍然帶著一些偵察兵在附近搜集訊息，唐一明在這段時間養精蓄銳，沒事時就去軍事學院聽王猛講課，不然就是陪伴懷孕的老婆李蕊。

這天，他閒著沒事，便去兵工廠，看看剛研製成功的火炮造得如何了。兵工廠裏熱火朝天，周雙帶著工匠不停地趕造火炮，如今已經製造出六十多門火炮。

兵工廠比最開始的時候大了一倍，連煉鋼用的火爐也增加了好

幾個，工匠擴大到兩千人，只要一進後山，就能聽見乒乒乓乓的敲打聲。

「主公，這些工匠經過幾個月的勞動，都非常熟練了，工作效率也比以往高出許多。只要有源源不斷的材料，我們就能造出許多兵器出來。」周雙指著廠裏的工人說道。

唐一明看了之後，滿意地道：「周雙，當初任命你為廠長，看來是選對人了。繼續努力，等以後我軍佔領了青州和徐州，兵工廠就會比現在大出許多，到時你指揮的就不止是這區區的兩千人了。」

周雙道：「多謝主公抬愛，屬下一定更加努力，不負主公厚望。」

此時，關二牛走過來稟報道：「主公，燕國出事了！」

「什麼事？」唐一明急忙問道。

「包圍泰山的兩路燕軍今天同時撤離，慕容軍率領在泰山郡的三萬燕軍趕赴徐州，東安郡的三萬燕軍開赴廣固。另外，皇甫真也帶著兩萬軍隊開赴廣固，並且運走了濟南城中的大批物資，只留下一萬軍隊駐防。」

「燕軍撤了？這不像慕容恪的作風啊，你可曾進一步探聽嗎？」唐一明問。

關二牛道：「屬下已經打探清楚。燕帝慕容儁發佈了一道擴軍聖旨，讓燕國境內的百姓都踴躍參軍，還加重賦稅，準備將燕軍擴充到一百五十萬人。慕容恪正是為了這件事才奔回薊城，希望能阻止此事！」

「一百五十萬？慕容儁是不是瘋了？」唐一明咋舌道。

關二牛道：「主公，管他瘋不瘋呢，現在看來，燕國內部要大亂了。」

「嗯，不過，亂了可不好，我就找不到合適的劊子手了，哎，真希望燕國能夠挺過這一劫。」唐一明憂慮地說道。

關二牛道：「主公，為什麼一定要靠燕國呢？以我們自身的實力，也可以攻佔下許多城池的。」

唐一明道：「你的話不假，可是攻下來又能怎麼樣？沒有足夠的部隊防守，萬一遭受到反擊，我們又將陷入被動的局面。我就是

要借助燕軍的手幫我蕩平前進道路上的一切荊棘，等燕軍統一了北方，自身的實力也會受到損傷，我軍卻在不斷發展。對了，燕軍有沒有向中原遷徙民眾？」

「遷徙了，慕容儁將塞外的兩百萬民眾全部遷徙過來，另外，他還將遼東的居民也一併遷過來，半個月後應該就會有第一批民眾到達青州。」關二牛道。

唐一明呵呵笑道：「很好，既然如此，那我軍就坐觀天下大勢吧。二牛，跟我到將軍府，我要見見宇文通。」

「見他？他有什麼好見的，還不是一個鼻子兩個眼？」關二牛排斥地道。

唐一明的嘴角露出了一絲詭異的笑容，說道：「你不懂，宇文通的用處可大了，現在這時候，正是他立功的時候。」

關二牛便也不多問，隨著唐一明便回到將軍府。

到了將軍府，唐一明讓人將宇文通叫來，對關二牛說道：「二牛，你去將軍師叫來，有些事我要聽聽軍師的看法。」

關二牛道：「是，主公！」

沒多久，宇文通、王猛都到了將軍府，唐一明對兩人說道：

「來，坐！今天我叫你們來，是有件事情要交付給你們，這件事情，事關重大，除了你們兩個人，我再也想不出誰能夠完成此事了。不過，在說之前，我想聽聽你們兩個人的意思。」

王猛一口應承道：「主公，但有什麼只管吩咐便是。」

「是啊主公，屬下自從跟隨主公之後，過的生活比原來在燕軍裏舒服多了，屬下一直沒有機會報答主公，主公對屬下如此厚愛，屬下甘願為主公赴湯蹈火，在所不辭。」宇文通感激地道。

唐一明面色嚴肅地說：「我想讓你們去一趟燕國。」

「去燕國？」王猛和宇文通同時驚道。

唐一明點點頭，道：「慕容儁已經頒發了一道擴軍聖旨，準備將燕軍擴充到一百五十萬人，慕容恪知道這個消息後，便撤離了包圍泰山的軍隊，自己返回京師，我估計是去勸諫了。我不希望燕國因為此事發生動亂，這樣的話，會打破現有的佈局，我預謀已久的計畫也會付之東流，所以我想讓你們兩個人一起去燕國，和燕帝慕容儁商談一下買賣的事。」

「買賣？主公，咱們有什麼要賣給燕國的東西嗎？」王猛不解地問道。

唐一明道：「當然有，燕國擴軍，最缺少的是什麼？是武器和裝備！而我們一天可以打造出一千副戰甲和武器，可以用這些武器和裝備來換取必要的物資，這次我不要糧食，我要的是鹽、燃料、布匹還有牛羊。」

「主公，恕我直言，我軍從一開始便和燕軍為敵，這時候去和他們談買賣，恐怕燕軍不會那麼傻，反而會增加燕軍攻打泰山的信心。」王猛質疑道。

「這個我考慮過了，正是因為如此，我才會想讓你和宇文通一起去，軍師的膽識智慧絕對能使慕容儁信服。此次前去燕國，軍師是以使節的身分前去，如今的中原，已經全部被燕國給佔領了，我軍就如同大海中的一座孤島，所謂識時務者為俊傑，為了免受燕軍攻擊，推動燕軍向西進軍，我準備暫時投降燕軍，以解除燕軍的後顧之憂。」唐一明說出心中打算。

宇文通叫道：「主公，你要投降燕國？」

王猛聽了，沒有發話，目光流動，若有所思。半晌才道：「主公，我怕此舉會引來山上所有人的不滿。泰山雖小，卻地勢險要，加上我軍有厲害的武器，何懼燕軍？我雖然明白主公的苦心，可山上的民眾卻不明瞭，怕鬧起來無法收拾。」

唐一明表情凝重道：「所以此事事關重大，只有我們三個人知道，絕不能讓其他人曉得。」

宇文通當即抱拳說道：「主公，該怎麼做，屬下按照主公的吩咐就是了。」

唐一明見王猛還有一絲疑慮，便道：「軍師，你的意思呢？」

王猛想了想，終於點頭道：「就照主公吩咐吧，此事我絕不會走漏半點風聲的。」

唐一明笑道：「好，如此最好。我已經準備好降表，也準備了一個禮物，你們連同降表一起獻給慕容俊，我想加上軍師的口才，定會完成這項使命的。」

宇文通忍不住問道：「主公，你所說的是什麼禮物？」

「我聽說鮮卑人崇尚武道，喜愛上好的兵器，所以我命令兵工

廠打造了一把長劍，切金斷玉，鋒利無比，將此劍獻給燕帝，或許能夠有助於此事的完成。」唐一明道。

王猛趕忙道：「主公放心，此去我倆定然不負主公厚望。」

「嗯，既然你們都同意了，那我就放心了。文通是鮮卑人，對燕國的一切禮儀都知道，路也很熟，可以做嚮導，另外，我準備讓孫虎與你們同行，他武勇過人，可以保護你們的安全。」唐一明補充道。

王猛、宇文通兩人同時向唐一明拜了拜，道：「主公，我們何時起程？」

「此去燕國路途遙遠，加上又有風雪為阻，行走起來十分不便，你們今天先去準備準備，明日一早，我親自送你們秘密離開泰山。」唐一明道。

「是，主公！」兩人同時答道。

第二天一大清早，王猛、孫虎、宇文通三人便打扮成商客的樣子，準備駛出泰山要道。

唐一明對王猛三人說道：「此去燕國吉凶未卜，你們三人要多加小心。孫虎、宇文通，你們兩個要聽軍師的指揮，對外宇文通是主，對內軍師是主，凡事都要小心，我在泰山等候你們的好消息！」

「主公，這裏風雪大，你還是快回去吧，萬一碰上燕軍哨騎，就會有不必要的麻煩。請主公靜候佳音，不出一月，必有消息！」王猛道。

唐一明朝三人揮了揮手，道：「三位一路保重，事情就交托給你們了！」

王猛、孫虎、宇文通三人齊聲答道：「主公保重！」

唐一明看著三人離去的身影，心中有一種說不出的擔心。他重重地嘆了口氣，這才掉轉馬頭回去。

日子就這樣一天一天地過著，唐一明在半個月的時間裏將內政治理得井井有條，雖然有點累，卻過得很充實。

這天，唐一明剛忙完手頭的工作，準備休息，不想王勇從將軍府外走了進來。

「王局長，你怎麼有空來這裏啊？聽說你最近在進行果樹移植，不知道忙得怎麼樣了？」唐一明見到王勇，笑呵呵地說道。

王勇身為農業局局長，每天自然忙著和農業有關的事，從墾荒、播種，到尋找果樹進行移植，只要是能吃的，他都想方設法在山後的土地上進行實驗栽種。

王勇沒有唐一明那種輕鬆的心情，他眉頭緊皺，臉上更是一臉憂鬱，道：「主公，我之所以來找主公，是因為有件重要的事要跟主公說。」

「哦，什麼事啊？」唐一明見王勇一本正經的樣子，便收起笑容，正色問道。

王勇道：「啟稟主公，最近這一個月來，我軍的糧食大幅度減少，比以往用度要多出一倍，照這樣下去，剩下的糧食只夠山上的人維持三個月了。」

唐一明皺眉問道：「你是什麼時候發現這件事的？」

王勇回道：「我今天去清點糧倉，忽然發現這個月支出的糧食增加了許多，所以特來向主公稟明情況。」

「是不是有人偷取糧食？」唐一明猜測。

王勇搖搖頭：「不可能！糧倉一向有士兵把守，守衛森嚴，就連隻蒼蠅都別想飛進去，更別說是人了。」

「既然沒有人偷，為什麼會驟然間少了那麼多糧食？你可查出是哪裡用的糧食最多嗎？」唐一明問。

王勇說：「屬下已經做過調查，泰山上下所有的糧食供應，都是按照每家每戶進行合理地分配，每十天配給一次，我發現葫蘆谷裏用糧最多，他們只有七萬人，卻領取了十萬人的糧食額度，當時我沒有注意，現在我發現了這個問題，所以特地來找主公，以免和羌人有什麼誤會。」

「嗯，你做得很好。姚襄的糧食已經吃完了，所以只能從我軍中支取，這件事是我親自下命令的。可是為什麼姚襄會領取十萬人的糧食呢？以我這些天和姚襄相處的感覺，他是個實事求是的人，冒領糧食這種事，我想他是做不出來的，是不是這中間有什麼誤會？」唐一明不解地說。

「主公，一點都沒有誤會，十天前就是姚襄親自來領取糧食

的，當時我不在，是由副局長代為辦理，他不知道姚襄有多少人，所以他要多少就給多少。今天我發現一下子少了許多糧食，便去葫蘆谷看了一下，看到羌人……羌人竟然拿我們的糧食在餵馬！」王勇憤憤地道。

「你說什麼？姚襄讓屬下用糧食餵馬？他是不是瘋了？」唐一明聽了，生氣地說道。

王勇道：「主公，這是我親眼所見，如果主公不去制止這件事，只怕糧食很快就會被吃完的。」

唐一明皺著眉頭，雙手環抱在一起，一副若有所思的樣子。

「好，我知道了，你先下去吧，我一會兒帶人去葫蘆谷看一看！」唐一明朝王勇揮了揮手。王勇當即告退。

「姚襄到底是怎麼想的？怎麼可以縱容手下用糧食餵馬？以往我沒有吃食的時候，都是殺馬充饑，這個姚襄竟然……」唐一明心中想道。

唐一明叫來了陶豹、金勇，讓他們兩個跟隨自己一起去葫蘆谷，想問個清楚。

第七章

慕容靈秀

那個女人搖搖頭道：「我不認識你，是我的主人認識你，
她不遠千里來找你，為的就是見你一面。」
唐一明看了一眼女人身邊的人，掀開她眼上蒙著的黑布，
一張熟悉的臉龐映入他的眼簾。
「慕容靈秀？」唐一明吃驚地道。

葫蘆谷裏，姚襄和姚襄、姚萇、姚益等人，在房間裏取暖。

「軍長，主公來了！」士兵便神情緊張地報告道。

姚襄急忙站起來，看了看姚萇和姚益，納悶地道：「他有些日子沒有來這裏了，今天怎麼會突然來呢？」

「我聽說主公這兩天手中的事情較少，今天來看我們，也許是一番好意。軍長，你雖然是他的岳丈，他卻是我們的主公，主公來了，我們怎能不去迎接呢？」姚萇也站起來，說道。

姚襄點點頭，道：「走，隨我去迎接主公！」

三人來到葫蘆谷谷口，見到唐一明、陶豹、金勇三人結伴而來，便迎了上去。

「恭迎主公！」姚襄、姚萇、姚益道。

唐一明擺擺手，道：「諸位不必多禮。」

「主公，外面天氣冷，請到屋內說話吧！」姚襄邀請道。

唐一明點點頭，眼睛卻向四周瞄了瞄，見馬廄那邊果然有人在用糧食餵馬，心中無比生氣，臉上卻不敢表現出來。

他衝姚襄道：「岳父大人，近來我太忙了，一直沒有時間來看望岳父大人，不知道岳父大人這些日子過得如何？」

姚襄回道：「托主公的福，老夫過得很好，這種生活，正是我老羌想要的。」

進了屋裏，唐一明脫去身上的外套，寒暄道：「岳父大人，這裏還夠暖和吧？」

姚襄點點頭，道：「我老羌活那麼久了，在冬天裏過這樣舒服的生活還是頭一次。說實在的，我真的很佩服主公，這樣的點子都能想得出來。」

「呵呵，只要岳父大人舒服就好了。對了岳父大人，我剛才好像看到有幾個士兵在用糧食餵馬，這是不是有點太浪費了？」唐一明道。

姚襄、姚萇、姚益趕緊向唐一明拜道：「請主公恕罪，我等也是沒有辦法才出此下策的啊！」

「主公，你有所不知，自從上次主公送給我八千匹戰馬後，我老羌的勇士都歡喜不已。那些戰馬都是上等的好馬，一旦上了戰場，簡直是奔跑如飛，可是這些戰馬卻不好飼養。入冬以來，山上

都是積雪，根本找不到任何草料，我老羌不得已才用糧食來餵養馬匹，弄得我老羌的糧食也很快就沒了。儘管如此，我老羌也不願意丟下馬匹不管。戰馬就如同我們的雙腿，我老羌是絕對不會自斷自己的雙腿的，還請主公諒解。」姚襄解釋道。

唐一明心想：他娘的，看來我是中了燕狗的奸計了，我說他們怎麼會用那些戰馬來換取炸藥呢。都怪我一時疏忽，弄得現在糧食銳減。便道：「原來是這樣啊，只是如此餵養下去，我軍屯放的糧食也會不夠應付的。」

姚襄誠摯地說：「主公，請原諒屬下的作為，我老羌對於戰馬的喜愛不亞於對女人的喜愛，女人的話，隨便一個都可以，可是戰馬不行，尤其這樣上好的戰馬，更是百裏挑一，屬下也明白這樣太消耗糧食，所以這幾天來我一直在準備帶著勇士到外面去偷襲燕軍，希望能幫主公掠奪一些糧食，來彌補飼養戰馬所消耗的糧食。」

「岳父大人，我看不如這樣，如今燕軍將所有的物資全部運到了廣固，其他地方的駐軍也相對減少，加上燕軍又撤去了對泰山的封鎖，為了能使我軍有足夠的糧食過冬，我們就發動一次奇襲，席捲青州有燕軍的駐地，將他們的糧食全部掠奪而來，也算是給燕軍一個下馬威。」唐一明道。

姚襄道：「燕軍恐怕做夢也不會想到我們敢走出泰山，在他們的眼皮底下活動。我老羌來到這裏也有兩個月了，兩個月來，我老羌的勇士都在摩拳擦掌，希望與燕軍作一番較量，既然得到主公的首肯，屬下必定帶著我老羌的勇士不停地騷擾燕軍。」

「據關二牛打探回來的消息，慕容恪、慕容垂、陽鶩都已經離開青州，慕容軍率兵六萬駐守徐州，皇甫真統兵十萬在青州，這十六萬兵馬雖然暫時不會威脅到我軍，一旦來年開春，就會向我軍發起進攻。所謂先下手為強。燕軍的重要人物不在青州和徐州，我軍的機會就大大地增加了。我準備帶人對青州進行掃蕩，把青州攪個天翻地覆才行。」唐一明道。

「太好了，又可以打仗了，俺都等得不耐煩啦！」陶豹一聽到要打仗，立刻叫了出來。

姚萇道：「主公，你是要親自出征？」

唐一明點點頭，道：「嗯，我和皇甫真有過幾面之緣，這次我想會一會他。」

姚萇婉言道：「主公身為一山之主，萬金之軀，怎麼能親冒矢石呢？我老羌一直沒有給主公立過一點功勞，這次對燕軍進行攪亂的行動，就交給我們來做吧！」

姚襄附和道：「是啊主公，害主公損失糧食的是我們，奪糧這件事就交給我們來做吧。我等習慣了在馬背上馳騁，正適合這樣的行動。」

「不行不行，你們要是去了，那俺就打不成仗了，主公，你千萬別答應他們，還是讓我的騎兵連來完成任務吧！」陶豹急忙叫道。

姚益反駁道：「你的騎兵連才不過幾百人，怎麼完成這樣的任務？我們有一萬八千騎兵，絕對有把握完成這樣的任務，你的騎兵連就不要在裏面瞎摻和了。」

「你欺人太甚了！我的騎兵連雖然只有兩千多人，但個個都是萬中挑一的驍勇之士，一個能頂十個燕兵，有什麼完成不了的？」

陶豹瞪大眼睛抗議道。

姚益冷笑道：「哼！你就繼續吹牛吧！」

陶豹聽了，指著姚益的鼻子氣道：「你……」

唐一明見雙方要吵起來，大聲道：「好了，都別吵了！當我死了嗎？」

眾人聽後立刻噤若寒蟬，不敢再有人吭聲。

唐一明環視一周，道：「這次任務，事關重大，必須是騎兵才能完成，以騎兵的優勢和對戰法的熟悉上來說，老羌確實占了上風；但是，若說對地形的熟悉，陶豹的騎兵連則占上風。你們不用再吵了，這次行動你們一起去，我留守山上，做你們堅強的後盾。」

「一起去？」姚襄、姚萇、姚益、陶豹四人異口同聲道。

唐一明道：「對，一起去！這次聯合行動由岳父大人統籌帶領，目的在掠奪燕軍的糧食和物資，能搶則搶，搶不到的話就撤，不要硬拚；最好能將整個青州攪亂，越亂越好，只要能震驚燕帝慕容儁，你們就是大功一件！」

姚襄問：「那這次行動掠奪的物資該怎麼運回來呢？」

「這個好辦，我會讓闞二牛跟你們一起去，他經常在外面偵察，對這一帶的地形十分熟悉，掠奪來的糧食你們帶一半，留一半藏起來，然後派人回來通報，我自然會派步軍前去運糧。不過，糧食要藏得隱秘才行。」唐一明交代道。

唐一明又道：「金勇，你出任騎兵連連長，陶豹做副連長，凡事都要聽姚軍長的安排，知道嗎？」

「是，主公！」金勇答道。

陶豹臉上不喜，道：「主公，為什麼讓俺做副的啊？俺原本是正的！」

「你不夠精明，必須有金勇這樣的人來壓住你，否則你很容易犯錯，此次行動絕對不允許犯任何錯誤。」唐一明正色道。

陶豹還想說些什麼，見唐一明一臉嚴肅，便只好無奈地答道：

「是，主公！」

唐一明看著屋裏的人，腦海裏卻在想著王猛，心裏自語道：

「軍師，希望這次行動能夠給你帶來談判的籌碼，不如此的話，燕帝會一直將我們視為是山賊草寇，不會真正拿我們當回事，更不會接受我們的臣服。」

隨後半個月時間內，姚襄率領兩萬多輕騎，與燕軍七戰七捷，以迅雷不及掩耳之勢席捲了整個青州南部，搶掠燕軍糧草輜重無數，又一次打破燕軍不可戰勝的神話，也使得泰山百姓對唐一明更加有信心，對他更加地崇拜。

十二月初一。

下了整整三天的大雪終於停止了，泰山南麓的山道口，唐一明帶著黃大、黃二眾人以及五百名歡慶的隊伍等候在那裏。

遠處駛來一支矯健的騎兵，他們英姿瘋爽，意氣風發地凱旋而歸，姚襄走在隊伍的最前面，一邊招呼著身後的士兵隊容整齊，一邊喊道：「你們看見了嗎？主公已經在那裏等候我們了，一會兒見到了主公，你們知道該怎麼做嗎？」

所有的騎兵同聲答道：「漢軍威武！主公萬歲！」

姚襄滿意地點點頭，繼續帶著隊伍向前走去。

「主公，他們回來了！」黃大指著遠處隱約可見的一支隊伍，興奮地說道。

唐一明看每個旗手都把旗幟豎得高高的，滿意地對眾人說道：「一會兒你們都給我賣力地歡迎，絕對不能冷了眾位英雄的心！」

「是！主公！」

漸漸，姚襄帶著部隊走近了，兩軍相隔五里遠的時候，所有的騎兵同時聽到響徹天地的呼喊聲：

「熱烈歡迎天下名騎凱旋！歡迎眾英雄凱旋！」

振奮人心的口號，使得騎兵心中熱血澎湃，他們用最嘹亮的聲音喊道：「漢軍威武！主公萬歲！」

「熱烈歡迎天下名騎凱旋！歡迎眾英雄凱旋！」

「漢軍威武！主公萬歲！」

兩種聲音此起彼伏，一浪高過一浪，共同演奏出一篇美妙的樂章。

兩軍交會，唐一明率領眾人出迎，姚襄更是命令所有人都下馬，相見甚歡。

唐一明握住姚襄的手，眼裏充滿感激之情，道：「姚軍長，沒想到你竟取得如此大捷，只怕青州地面上，以後再有燕軍遇到你們，都要繞道走了！」

「哈哈哈！主公說笑了，屬下能取得如此大捷，利用五天的時間縱深數百里，與燕軍進行大小七次戰鬥，這一切都應該歸功於主公。如果不是主公給屬下配發了炸藥，屬下又怎麼能夠以兩千人的代價擊敗皇甫真在青州的九萬大軍呢？」姚襄謙虛地說道。

「哈哈，走，我已經為眾位英雄擺下接風洗塵的英雄宴，今天我們要好好地開心一番。」唐一明拉著姚襄的手，吆喝著眾人行去，狂歡一夜不提。

第二天，泰山又恢復了往日平常的寧靜，眾人皆按部就班幹著原本的工作。唐一明叫來王勇，因為他想知道這次大捷，姚襄搶來的糧食到底有多少。

唐一明問道：「這些天從外面運回來的糧食，你統計了沒有？一共有多少？」

王勇道：「啟稟主公，屬下已經統計過了，約有十萬石。短短的五天內，他們竟能搶到如此多糧食，不得不令屬下佩服。」

「嗯，姚襄的部族都是羌族勇士，也曾經幹過這樣掠奪的勾當，自然知道燕軍會把糧食藏在何處，這不足為奇。十萬石……這恐怕還不夠維持我們四十萬人的用度吧？」唐一明道。

王勇道：「確實不夠，不過屬下一直在找尋可以代替糧食的野果野菜，加上早先開墾種植的作物，經過這個冬天，來年便會呈現出一派欣欣向榮的景象。」

「嗯，這就好，只要我們能夠種出作物，以後就能自力更生，也不會再為糧食的事發愁了。」唐一明高興地道。

王勇的臉上卻顯出一絲愁容，說道：「主公，屬下說的只針對全山上下的人，並沒有把那些戰馬算進去。姚軍長掠奪回來的草料有限，山上近兩萬匹戰馬，這些草料根本維持不了多久，到時候還用糧食餵養的話，恐怕糧食就會不夠了，也維持不到明年麥收的時候。」

「唉！又是這群戰馬！都怪我當時貪圖小便宜，認為燕軍出高價收購炸藥實在是好買賣，誰知……不過，話又說回來，如果沒有這些戰馬，我軍也不會做成這樣轟動青州乃至整個大燕的功勳來，凡事有利有弊，等開春了我再想想辦法吧。」唐一明無奈地道。

王勇道：「是，主公。主公，您還有什麼事嗎？」

唐一明交代道：「糧食還按照原來的數量發給姚襄，草料也發給他們，畢竟這次大捷是他們打來的，絕對不能虧待他們。」

王勇道：「屬下知道了，明日發糧時，屬下便將此事辦妥。」

唐一明道：「好了，你去忙你的吧。」

「屬下告退！」王勇退出將軍府。

「軍師已經去了二十多天，應該也有消息了吧？為什麼不派人回來通報一聲呢？萬一軍師有什麼不測的話，我會內疚一輩子的。」唐一明心中擔心地想道。

「陶豹，關二牛回來了嗎？」唐一明見陶豹從外面走來，問道。

陶豹道：「主公，關連長回來了，他先回家換衣服去了，換了衣服就會來找主公的。」

唐一明看著陶豹，笑道：「陶豹，自從昨天回山後，我便見你沒有像以前那樣活蹦亂跳的，你是不是有什麼事啊？」

陶豹搖搖頭，沒有回答，臉上卻出現了罕見的紅暈。

「哈哈哈！陶豹居然也會害羞？真是天下奇聞啊！」唐一明取笑道。

陶豹否認道：「主公，俺……俺沒有害羞……俺……俺天不怕地不怕的，怎麼可能會害羞呢？」

唐一明道：「你臉上紅彤彤的，不是害羞還是什麼？」

「主公，俺這不是害羞，俺這是因為……因為……哦，對了，是因為俺房間的暖氣太熱了，給俺烘烤的。」陶豹辯解道。

「瞎說！今天山上煤礦缺了，後山都沒有燒爐子，哪裡來的暖氣？」唐一明拆穿道。

「啊？真的嗎？為什麼俺感覺今天特別熱呢？」陶豹自語道。

「屬下參見主公！」

唐一明見關二牛來了，當即道：「嗯，你來得正好，我有事要問你。」

「主公，你們慢慢聊，俺走了！」陶豹說完，便一溜煙地跑開了。

唐一明搖搖頭，道：「陶豹這兩天怎麼像變了個人似的？」

關二牛哈哈笑道：「他啊，主公，你有所不知，陶豹看上了一個女人，所以才……」

「哈哈哈！陶豹終於變得比較正常了！」唐一明也不禁笑了起來。

「二牛，你這幾天可曾派出偵察兵打探過軍師的消息？」唐一明問起正事。

關二牛道：「這幾日偵察連一直在青州一帶活動，恕屬下疏忽，沒有去打探軍師的消息。」

「唉，算了，順其自然吧。以軍師的聰明才智，一定會平安無事的。」唐一明嘆了口氣道。

關二牛立即道：「主公，屬下這就親自去探聽軍師的消息，一有消息，就派人回來通知主公。」

唐一明點點頭，道：「辛苦你了。這天寒地凍的，你要多加小

心，知道嗎？」

「謝主公關心，屬下這就出山打探。」關二牛道。

關二牛轉身走到將軍府門口時，突然又停住腳步，轉過身子來。

「二牛，是不是還有什麼事？」唐一明問。

關二牛賣著關子道：「主公，請你到月牙湖邊糧倉旁的石屋，陶豹在那裏等你，主公去了，會有一個大大的驚喜。」

唐一明納悶地道：「二牛，快告訴我，是什麼驚喜？是不是你們像黃大、黃二一樣，發現了大批金銀財寶啊？」

關二牛道：「主公，這次比金銀財寶還值錢，你去了便明白了。剛才陶豹就是要來告訴主公這件事的，請主公快點過去吧。」

話音一落，關二牛便消失在唐一明眼前。

「這關二牛在搞什麼鬼？比金銀財寶還值錢？難道又弄來一個玉璽？那就不對了，傳國玉璽不是只有一個嗎？不管了，還是去看看吧。」唐一明自語道。

帶著偌大的好奇心，唐一明出了將軍府，朝著關二牛所說的地方去。

從將軍府到月牙湖邊的糧倉，中間要穿過一段很長很長的路。路面上的積雪都被百姓清理乾淨，露出一層鋪著水泥的道路，走在上面十分平坦，與最開始崎嶇不平的山路相去甚遠。

穿過一排排整齊的房屋，唐一明來到月牙湖邊。糧倉旁有一間不大的石屋，那是平常負責看管糧倉的士兵休息的地方。

唐一明緩緩走向石屋，士兵們見了，同時向他敬了一個禮，說道：「主公萬歲！」

不知道從什麼時候開始，士兵們開始這樣稱呼唐一明，動不動就萬歲萬歲地叫，彷彿他真的是個皇帝一樣。唐一明默認了這種呼喊，畢竟士兵們喊出了他心中的希望。

他擺了擺手，喊道：「兄弟們辛苦了！」

陶豹聽到外面士兵的喊聲，從石屋裏走了出來，看到唐一明，臉上顯得又驚又喜。

唐一明走到石屋前，見石屋的門窗關得很嚴，便問道：「陶

豹，石屋裏關的是什麼？」

陶豹嘿嘿笑道：「主公，俺想給你一個驚喜。」

「什麼驚喜？」唐一明問。

陶豹推開石屋的門，對唐一明說道：「主公，你進去一看便知。」

唐一明探頭朝石屋裏看了一眼。石屋裏光線很暗，他除了看見兩個被綁著的黑影外，其他什麼也看不到。

「是……是兩個人？你們綁來了誰？」唐一明問道。

陶豹嘿嘿笑道：「主公，不是兩個，是一個！」

唐一明又朝石屋裏看了一眼，見明明是兩個黑影，狐疑道：「胡說！裏面明明有兩個人，你怎麼說只有一個？」

陶豹不好意思地道：「主公，確實是一個，另一個是俺的，不能給主公。」

「拿火把來！」唐一明踏進石屋，想把屋裏的一切看清楚，便衝外面喊道。

士兵從石屋外遞過火把，火光瞬間照亮了整個石屋。

唐一明看到兩個被五花大綁的女人，眼睛被黑布蒙上，嘴裏還堵著一塊布，躺在床上扭動著身體想要掙脫。

「她們是誰？」唐一明不禁問道。

陶豹道：「主公，左邊的那個是獻給你的，右邊的那個是俺的。」

「我是問你，她們是誰，值得你這樣勞師動眾地綁到山上來？我有女人，不缺，你要是喜歡的話，兩個都給你。」唐一明有些生氣地說。

陶豹本來還一臉笑意，聽到唐一明的話後，便拉長了臉，道：「主公，我聽說你很喜歡她，所以就把她給弄來，獻給主公。」

唐一明走向床邊，伸手揭開那個陶豹喜歡的女人眼上蒙著的黑布，映入眼簾的是一個長相十分清秀的臉龐。

那個女人蒙著眼睛的黑布被取下來，便睜開眼睛，看到唐一明時，眼睛裏更是一陣驚恐，使勁地發出「嗯……」的聲音。唐一明見那女人想說話，便拿下堵住她嘴巴的布。

「快放了我！快放了我！」那個女人嘴裏的布一被拿開，便大

喊大叫起來。

唐一明並不認識這個女人，見這個女人頗有姿色，便問陶豹說：「你喜歡她？」

陶豹點點頭，道：「是的，俺喜歡她。可是她不喜歡俺，可俺還是喜歡她，俺就想要她，讓她給俺做老婆。」

唐一明目光中露出和善的眼神，看著那個女人道：「姑娘，你別怕，我們不會傷害你的。陶豹外表長得雖然不怎麼樣，心地卻很善良，我敢拍胸脯保證，如果你嫁給他，他對你肯定比對任何人都好，也肯定是個好丈夫。姑娘，你叫什麼名字？哪裡人，家裏還有親戚沒有，有的話，我派人將你的親戚一起接來，在泰山上也能過著安樂的日子。」

那個女人眨巴著眼睛，不再叫喊，眼睛卻盯著唐一明看了好一會兒，然後驚奇地道：「你……你是唐一明？」

唐一明對這個女人的話感到也很驚奇，問道：「姑娘……你……你認識我？」

那個女人搖搖頭，道：「我不認識你，是我的主人認識你，她不遠千里來找你，為的就是見你一面，真沒想到見面的方式竟又同第一次一樣。」

唐一明聽了，扭頭看了一眼女人身邊的人，遲疑了一下，掀開她眼上蒙著的黑布，一張熟悉的臉龐映入他的眼簾。

「慕容靈秀？」唐一明無比吃驚地喊道。

那個女人確實是慕容靈秀，而慕容靈秀身邊的那個女人，便是幫助慕容靈秀一起從薊城逃出來的人，叫楊清。

只見慕容靈秀嘴裏還塞著一塊布，眼睛裏含滿了淚花，淚珠也幾欲奪眶而出。

唐一明急忙取出慕容靈秀嘴裏塞著的布，伸手擦拭她流出來的淚水，溫柔地說道：「你別哭……我不會傷害你的……你怎麼會出現在青州？」

慕容靈秀號啕大哭地叫道：「唐一明，我恨你，我恨你，我恨你一輩子。」

「你別哭啊。」

唐一明將慕容靈秀身上綁著的繩子給解開，繩子解開後，慕容靈秀突然撲向了唐一明的懷裏，哭得更加厲害了。

唐一明對這突然其來的變故感到很是詫異，慕容靈秀是大燕國的公主，算是他的敵人，又曾經被他俘虜過，為何她會出現在這裏，又怎麼會被陶豹抓住?!

當一個女人突然撲向你的懷中，只是想找個肩膀哭泣，作為男人，唐一明又怎麼不懂得憐香惜玉，去安慰這顆受傷的心靈呢？

唐一明抱著慕容靈秀，用手輕輕地拍打著她的背，安慰道：「哭吧，如果哭出來會好受點的話，你就盡情地哭吧。」

「唐一明，你還不快點放開我？」慕容靈秀身邊的楊清說道。

唐一明向陶豹揮了揮手，說道：「陶豹，為她鬆綁。」

陶豹「哦」了一聲，這才反應過來，急忙給楊清鬆綁，但是眼睛卻始終沒有離開楊清的臉龐。

「你和她是怎麼到這裏的，又是怎麼被陶豹抓住的？你剛才說的話又是怎麼回事？」唐一明一頭霧水地道。

楊清被鬆了綁，見陶豹還呆愣在面前，厭惡地喝斥道：「你離我遠點！」

陶豹一臉傻笑，「哦」了一聲，急忙向後退去，心中卻是無比失落，因為他喜愛的女人沒有撲向他的懷裏。

「你知道公主喜歡你嗎？公主為了你，吃盡苦頭，你可知道？」楊清厲聲道。

唐一明大吃一驚，道：「你……你說什麼？」

楊清冷冷地道：「我說公主喜歡你，她之所以跋山涉水地從薊城來到青州，就是為了想見到你。」

慕容靈秀止住哭聲，推開唐一明，用手拭去臉上的淚水，對楊清說：「清兒姐姐，你別說了。」

其實唐一明自從第一次見到慕容靈秀，就有驚為天人的感覺，只是當時為了生存，他不得不利用她的身分來掩護自己逃跑。後來，他遇到了李蕊，雖然他也很愛李蕊，可是心裏卻始終一直有著另外一個影子，那個人就是慕容靈秀。

他把對她的情愫埋在心裏，因為他知道他跟慕容靈秀是敵人，絕不會有結果的，也就慢慢將她遺忘了。沒想到上天會跟他開這樣

一個玩笑，慕容靈秀居然會喜歡他，還為了他，不遠千里地從薊城跑了出來。

他想起自己現在的兩個女人，第一個老婆李蕊，擁有傾國傾城之色，還即將為他生下孩子；第二個老婆姚倩，則是出於控制羌人的政治聯姻。雖然姚倩也很漂亮，有獨特的異域風情，可是她在他心裏的位置還不及李蕊的一半，更別提和慕容靈秀相比了。

「你們都出去！」唐一明轉身對陶豹等人說道。

陶豹警告道：「主公，俺抓她們的時候沒少費工夫，你……你千萬要小心啊！」

楊清冷笑一聲說：「哼，你擔心的那個人是我吧？我出去就是了。」說完，便走出石屋，陶豹和幾個士兵也相繼走出了石屋。

第八章

生米煮成熟飯

「大王，那什麼時候去提親合適呢？」王猛問。
唐一明笑道：「越快越好，反正慕容靈秀是不準備回燕國了，
我就在這裏和她完婚，完婚後就上奏慕容俊，
那時生米已經煮成熟飯，也不怕他再有什麼變卦。」

屋裏就剩下唐一明和慕容靈秀，慕容靈秀蜷縮著身體，唐一明道：「靈秀，你恨我嗎？」

慕容靈秀搖搖頭，沒有說話。

唐一明溫柔地問：「你能告訴我這是怎麼回事嗎？你怎麼會出現在這裏？」

「都過去了，我現在又成為你的俘虜了，你是不是還準備用我來換取糧食？」慕容靈秀淡淡地說道。

唐一明看到眼前的慕容靈秀，在她身上感受不到一絲不可一世的囂張氣息，與他第一次見到她時大不相同。慕容靈秀何以會從薊城跑到這裏，在她身上又發生了什麼事，頗令唐一明百思不解。

「你放心，這次我不會再用你來換取糧食了。」唐一明舉手保證道。

「那是準備用我換戰馬囉？」慕容靈秀戒備地問。

唐一明道：「我什麼也不會換的，我要把你留下來，留在這泰山上，我要娶你。」

慕容靈秀聽到這話，面容微微動了一下。她抬起頭，望著唐一明，道：「你……你真的打算娶我？你不嫌棄我是鮮卑人？不覺得我是你的敵人嗎？」

唐一明笑道：「你從薊城出來多久了？」

慕容靈秀道：「有一個多月了。」

唐一明道：「你或許還不知道，我已經派人去薊城，向你的哥哥表明投降意願，以後我們就不會是敵人了。我要娶你，讓你做我的老婆。」

「你說的都是真的？」慕容靈秀不敢置信地說。

唐一明點點頭，說道：「是真的，千真萬確。」

「你胡說！你要是投降我哥哥的話，為什麼還派人去攻打青州的駐軍？哼，你除了會騙人，耍無賴，還會幹什麼？」慕容靈秀質問道。

唐一明見慕容靈秀此時又恢復了昔日的性格，呵呵笑道：

「這個嘛……只是個小插曲。靈秀，你能告訴我到底發生了什麼事嗎？」

「告訴你又能怎麼樣？告訴你，這些事情就不會發生了嗎？已經過去的事，我不想再提了。」慕容靈秀迴避道。

唐一明無奈默然，沒有說話。

慕容靈秀突然問道：「唐一明，你喜歡我嗎？」

鮮卑女子不同於中原女子，表達感情都很直接。

唐一明誠摯地說：「自然喜歡你啦，我從第一次見到你時就喜歡上你了。只是當時我還是個逃兵，被你追著打，除了想到逃跑以外，別的什麼都不敢想；上次俘虜你也是逼不得已的，可是你哥哥帶著那麼多人追殺我，我只好利用你，其實我並不想那樣做的。」

慕容靈秀聽到了滿意的答覆，在她的心裏，她對唐一明的情感其實很複雜，從一開始的厭惡，到被唐一明俘虜後，發現自己反而慢慢地喜歡上他了。

「唐一明，你真的會娶我嗎？」慕容靈秀嚴肅地問道。

唐一明點點頭，道：「等我派去薊城的人回來了，我會再派人去薊城告訴你的皇帝哥哥，讓他知道你在我這裏，然後就娶你進門。」

慕容靈秀羞澀地依偎在唐一明的懷裏，心中感到無限的歡喜。

她千里迢迢地來這裏，為的不就是這個嗎？一個多月前，慕容靈秀為了不想被嫁到河套地區的代國，便從薊城逃出來，打扮成普通百姓的樣子，幸運地遇到楊清，楊清閱歷豐富，又懂武功，一路上兩人相依為命，成為無話不談的姐妹，慕容靈秀也將喜歡唐一明的事告訴了楊清。

為了躲避特旗使的追查，她們白天休息，晚上趕路，經過六天的長途跋涉，終於到了遼東。

恰巧這時候慕容俊頒佈了遷徙命令，讓遼東和塞外的百姓大舉遷徙到中原，於是兩人加入了遷徙的人流中，輾轉來到青州。剛到青州不久，便遇到姚襄帶著輕騎兵橫掃青州，在一次戰鬥中，陶豹無意間看到了慕容靈秀，確認身分後，陶豹便將慕容靈秀連同楊清一起給抓來，秘密地押送回泰山，關在糧倉附近的石屋裏。

石屋內，唐一明攬著慕容靈秀，兩個人就這樣緊緊依偎著。

「靈秀，這幾天你在這裡好好地住著，我會找幾人伺候你的。」唐一明道。

慕容靈秀搖搖頭，道：「不要，有清兒姐姐一個人在我身邊就可以了，我不需要別人伺候。」

「你是說外面的那個女子嗎？」唐一明問道。

慕容靈秀點點頭：「對，她叫楊清，和你一樣是漢人。這一路上，要是沒有她在我身邊，我真不知道會發生什麼事，也許早就餓死路邊了。」

唐一明念頭一轉，道：「靈秀，我有件事想請你幫忙，不知道你願意不願意？」

「什麼事？」慕容靈秀睜著大眼問道。

「剛才抓住你的那個人，他叫陶豹，他喜歡楊清，可是楊清對他卻沒有好感，我想請你在楊清面前多幫幫他，替他說些好話。」唐一明說。

慕容靈秀冷笑一聲，道：「哼，想都別想。陶豹長得那麼醜，清兒姐姐怎麼會喜歡他呢？」

唐一明聽了，嘆了一口氣道：「長得醜不是他的錯，他從生下來就是這個樣子，也改變不了，但是他的心腸很好，對自己的女人絕對會一心一意的。」

慕容靈秀無奈地道：「這要看清兒姐姐的意思，我可做不了住，她要是不願意，我也沒有辦法，我盡量幫他就是了。不過，你也要答應我一個條件。」

「什麼條件？」唐一明問。

慕容靈秀要求說：「我在這裏人生地不熟的，別人都知道我是公主，又是鮮卑人，我怕你的部下會對我有敵意，所以你每天都要陪伴在我的身邊保護我。」

「這個嘛……我山上還有事情要處理，整天都很忙，怕沒有那麼多時間陪你。」唐一明為難地說。

慕容靈說：「沒關係，你沒時間過來，我可以去陪你啊。」

其實唐一明不是沒有時間過來，他擔心的另外兩個女人的想法。大老婆李蕊善解人意，而且身懷六甲，心思都放在即將降臨的孩子身上，應該不會有異議；但是二老婆姚倩就未必了，姚倩性子直爽，要是知道了肯定會醋意大發，到時候鬧騰起來，如果處理不好，嚴重的話很可能會引起羌人和漢人的戰爭。

唐一明想來想去，總覺得不妥，但是一時間又想不出解決的方法，腦袋一片空白。

「如果軍師在的話，興許他有辦法。」唐一明自言自語道。

「你在瞎說什麼呢？你到底答不答應我？」慕容靈秀搖了搖唐一明的胳膊，問道。

唐一明只好安撫說：「這樣吧，我先讓人給你安排一間房間，你暫且住下，我今天還要下山，有許多事要忙，等忙完今天的事，我再回答你行不行？」

慕容靈秀道：「好吧，那你晚上一定要來看我，我大老遠地跑來，不就是為了你，你可千萬不能辜負我對你的一片心意。」

「傻女孩，我怎麼會辜負你呢？我比誰都喜歡你，但是有些事很棘手，我必須先處理好，才能空出時間好好地陪你啊。對了，陶豹的事你別忘了。」唐一明提醒道。

慕容靈秀點點頭，將頭靠在唐一明的肩膀上，甜蜜地說道：

「你真好，我就是要嫁給自己喜歡的人。」

石屋裏出來，唐一明讓陶豹給慕容靈秀和楊清各找了一間房間，將她們秘密地安頓好，並且派士兵在外面保護。

接著，唐一明去葫蘆谷見姚襄，他必須先問問姚襄的意思，如果姚襄不反對的話，他就可以放心地迎娶慕容靈秀了。

自從羌軍凱旋後，胡漢的來往也日益密切，葫蘆谷不再成為羌人專有的屬地，經常可見三五成群的漢人到葫蘆谷遊玩，羌人也時不時到漢人的居住地閒逛，這一切，都源自於胡漢的通婚。

對漢族男人來說，能娶上一個異域女子做老婆，是無比幸福的事；對漢族女人來說，能夠嫁給一個作戰勇猛、體形彪悍的羌族男人，也使她們非常有安全感。胡漢通婚可說打開了民族的融合之路。

唐一明走進葫蘆谷，守衛的羌兵看見了，忙上來迎接，恭敬地叫道：「主公！」

唐一明「嗯」了一聲，問道：「姚軍長在嗎？」

士兵答道：「在，軍長正在馬廄餵馬，小的這就去通報。」

「不用了，我自己去找他吧。」唐一明揮揮手道。

唐一明走到馬廄，看到拴在馬廄裏一匹匹矯健身姿的戰馬，覺得有種說不出的歡愉。雖說這些戰馬是慕容恪設下的一個詭計，可是如果沒有這些戰馬，羌軍也不會在青州取得大捷。

「主公？你怎麼到這裏來了？」

正在餵馬的姚襄看見唐一明來了，訝異地道。

「主公找我必有要事，此地不是說話之地，還是隨我到房中敘話吧。」姚襄將戰馬拴好，說道。

「其實也沒有什麼大事……」唐一明看看四周空無一人，便說：「岳父大人，我來找你，是有一件事想問問你的意見。」

姚襄道：「主公有話只管說，屬下能幫得上忙的，一定幫。」

唐一明試探地道：「不知道岳父大人對鮮卑人有什麼看法？」

「鮮卑部族繁雜，從東北到西北，不論是廣袤的草原還是滾燙的戈壁上都有他們的影子，不知道主公所指的是鮮卑是哪個部族？」姚襄問道。

「鮮卑慕容氏。」唐一明道。

「鮮卑慕容氏？主公是指燕國？」姚襄問。

唐一明點點頭，含蓄地問：「岳父大人，如果我娶一個慕容氏的女人做妻子，而這個女人又是當今大燕皇帝的親妹妹，不知道岳父大人有何意見？」

姚襄聽了，不置可否地道：「娶妻是主公的自由，我老羌不會橫加干涉的。」

唐一明吞吐地說：「只是……姚倩那邊……」

姚襄拍拍胸脯道：「主公放心，小女那邊屬下自會開導，屬下也有三個妻子，男人有個三妻四妾很平常，主公是一代雄主，一旦天下平定，後宮裏自然少不了三千佳麗，主公又何需為了小女一人而煩惱呢？」

唐一明乍聽姚襄這番話，覺得他似乎太開明了，好像姚倩不是他的親生女兒一樣；可是轉念一想，姚襄這麼做，又何嘗不是為了女兒著想呢？羌漢好不容易迎來和睦的相處，姚襄身為羌族首領，又怎會因為女兒個人的事而壞了整個氣氛呢？何況，女兒嫁的又是泰山之主，數十萬人的首領，孰輕孰重，當然自有分寸取捨了。

「岳父大人，既然如此，那我便放心了，姚倩還望岳父大人多多開導，她的個性剛強，我怕她會想不開，做出傻事來，畢竟我才和她成親不久，換了誰都不會好受的。」唐一明理解地說。

姚襄深明大義地說：「主公放心，屬下明白。」

「那我就放心了，岳父大人，最近谷裏可有缺少什麼東西嗎？」唐一明關心地問。

姚襄道：「谷中應有盡有，並不缺少什麼。主公對我老羌如此厚待，真令我老羌不知道該怎麼回報才好。」

唐一明道：「回報倒不用，只要岳父大人能率領部族和我一起同心同德，給後輩開創一個和平的未來，我就心滿意足了。」

「主公放心，屬下必定竭盡全力輔佐主公。」姚襄道。

「如此甚好，那我就告辭了。」唐一明道。

五天後，天又下起了大雪，整個泰山又籠罩在白茫茫的雪中。

濟水南岸，一支穿著黑色戰甲的三千騎兵緩緩地走在道路兩旁，中間是一輛輛拉著美女、金子和布匹的馬車。這次燕帝慕容儁又賞賜了五百斤金子、一千匹布匹和兩千名美女，還有數輛馬車，一行人浩浩蕩蕩地行進著。

為首的一輛馬車上，宇文通和孫虎分別坐在馬車的車轅上，孫虎手中拿著馬鞭，晃晃悠悠地趕著拉車的戰馬。

馬車的旁邊，並排走著一名騎士，那名騎士就是偵察連連長關二牛。

「軍師，現在再往前走就是濟南城，我已經派人回去通報主公了。主公得知軍師回來，定然會帶人在入山的道路迎接軍師的。」關二牛道。

宇文通道：「軍師，咱們走了也有一個月，可算回來了。」

孫虎接腔道：「是啊，回到山上後，我一定要好好地睡他個三天三夜。」

王猛坐在馬車裏，聽到幾人的聲音，掀開簾子探出頭來，呵呵笑道：「好好睡吧，這一個月來，你們也夠辛苦的了。」

王猛放下簾子，輕輕地合上眼睛，靜靜地聆聽著馬車外孫虎三人的說笑聲，不知不覺地睡著了。

不知過了多久，王猛耳邊響起孫虎的叫聲，他急忙睜開眼睛，探頭出去。

馬車停在路邊，一個身穿黑色戰甲的燕國將軍帶著幾個騎兵擋住了前進的道路。

那個燕國將軍見到王猛，便立即翻身下馬，恭敬地說道：「先生，我等奉命將先生送回泰山，此地離泰山不足五十里，鎮國公有令，我們只能送到這裏，剩下的路只有你們自己走了。」

王猛下了馬車，拱手道：「一路辛苦了，將軍不辭辛勞地將我們護送到這裏，王某感激萬分，日後若是還能再見，必當回報。」

燕國將軍道：「能夠一路護送先生到此，也是末將的榮幸，先生不必掛懷。先生，末將就此告辭了。」

「將軍慢走。」王猛道。

燕國將軍翻身上馬，對身後的騎兵說道：「全軍回薊城！」然後走到王猛身邊，朝王猛拱了拱手道：「先生，廷尉常大人讓在下給先生帶一個口信……」

「哦，什麼口信？」王猛忙問道。

燕國將軍左右看了看，見其他燕軍騎兵離他有一里之遠，便彎下身子，輕聲道：「常大人讓在下告訴先生，一旦齊王有何行動，常大人必定會在朝中策應。」

王猛聽了，問道：「不知將軍姓名？」

燕國將軍道：「實不相瞞，在下便是常大人的長子，叫常鈞，父親知道是我護送先生，便特別囑咐我，要我告訴先生這句話。」

「原來是常公子，請恕王某眼拙，沒有認出常公子來。」王猛歉意地說。

常鈞不以為意道：「我只是小將，不值一提，倒是父親心中向漢，希望齊王日後能夠有所作為。父親在朝中已經秘密聯絡許多一心歸附燕國的大臣，齊王和先生以後若有需要，可持此物來找父親，常家必定會為齊王出力。」

常鈞說著，從懷中掏出了一個玉佩遞給王猛，那玉佩看似十分的普通，但是圖案卻很奇怪。

王猛接過玉佩，翻到背面，見背面的左下角刻著一個小小的「常」字，當即將玉佩收到懷中，對常鈞說道：「請常公子回去稟告令尊，讓令尊還像平常一樣，切莫露出馬腳，等到齊王有所作為

時，必會派人到薊城造訪。」

常鈞承諾道：「此話我一定會轉告父親，那在下告辭了，請先生保重。」

「常公子慢走！」王猛道。

「先生請留步，後會有期！」

常鈞策馬而出，漸漸遠去。黑色的騎兵隊伍也隨之慢慢消失在白茫茫的雪地上。

王猛看著他的背影，嘆道：「常家滿門忠良，王某和齊王絕不會辜負你們的。」

「軍師，他們都走了，咱們也該起程了，還有一段路要趕呢。」關二牛道。

王猛點點頭，道：「嗯，起程回山。」

眾人又走了好半晌，關二牛遠遠地看見前面一隊整齊的軍隊，高興地回首對孫虎喊道：「小虎，告訴軍師，主公親自來迎接啦。」

孫虎也看到了迎接的隊伍，臉上一喜，對馬車裏的王猛喊道：

「軍師，主公親自率人前來迎接軍師了。」

「孫虎，再趕快點！」王猛喜道。

唐一明騎在戰馬上，得報後，早早就率領手下在此等候多時。

此時，遠遠望見關二牛一騎在前，後面跟著一輛輛馬車時，不禁說道：「軍師空手而去，卻滿載而歸，看來是完成我交給他的任務了。」

唐一明高興地下令道：「傳令下去，列隊歡迎！」

黃大扭頭喊道：「主公有令，列隊歡迎！」

「歡迎歡迎，熱烈歡迎！」

六百名騎兵分別站成兩列，一同高聲喊著歡迎詞。

關二牛跑在最前面，率先來到唐一明面前，當即原地立正，並且敬了個禮。

「主公，軍師安全回來了，還帶來燕帝賞賜的東西和美女，燕帝還封主公為王。」關二牛報告道。

此話一出，姚襄、劉三、黃大三人大吃一驚，互視一眼，似乎在說：「原來主公是派軍師去了燕國啊。」

唐一明目光看向關二牛身後的車隊，見到王猛安然無恙，高興地朝馬車揮揮手，策馬迎了上去。

孫虎、宇文通、王猛趕忙跳下馬車，躬身拜道：「我等恭迎齊王！」

聲音傳到後面的車隊裏，馬車上載著的美人紛紛掀簾向外偷看，只見唐一明英姿颯爽地騎在馬上，美女們一陣驚呼，紛紛議論著。

唐一明來到王猛面前，一把抓住王猛的手，激動地說道：「軍師，我可擔心死你了，此去薊城一切可好？」

王猛笑道：「回大王，景略幸不辱命，終於完成大王交托的任務，將燕帝賞賜的東西以及美女兩千名全部帶回；另外，燕帝敕封大王為齊王，並將整個泰山郡劃分為大王的屬地。」

唐一明道：「軍師辛苦了，只要軍師能夠平安回來，其他什麼都不重要。走，咱們到山上，我要為軍師設宴款待。」

王猛忙道：「大王，屬下還有一事需稟明大王。」

「什麼事？」唐一明問。

王猛道：「薊城到泰山路途遙遠，屬下沒有經過大王的同意，也未和大王先商量，便擅作主張，向燕帝索求聯姻，燕帝已經答應將其妹昭和公主慕容靈秀嫁給大王，只是因為某些事的耽擱，所以婚期暫時沒有定下。」

唐一明聽了，哈哈大笑道：「軍師，咱們可是想到一塊兒了，我也正有一件事要告訴你呢，我準備迎娶慕容靈秀，就等軍師回來商議呢！」

「大王這話是什麼意思？難不成……難不成燕國公主已經到了泰山？」王猛吃驚地道。

唐一明笑道：「呵呵，軍師，一路辛苦了，此事咱們邊走邊談。」

唐一明便帶著王猛一路回山，把慕容靈秀的事一一說明，王猛原本就想讓唐一明和其聯姻，此事兩人心思一致，也就不言而喻了。

回到泰山上，唐一明安頓了那兩千名美女後，便把王猛請到將軍府。

「軍師，此去燕國，可曾遇到什麼困難？」唐一明問道。

王猛與唐一明對面而坐，回報道：「大王，此去燕國可以說是一切順利，不僅完成了大王交托的任務，還為大王尋訪了一位義士，以後大王若是與燕國撕破臉，也會有人暗中從燕國傳來消息。」

「哦，是什麼樣的義士？」唐一明問道。

王猛道：「他原本是冉閔的使臣，以前出使燕國的時候被慕容儁扣押，冉閔敗亡後，慕容儁見他是個忠臣，便封給他一個官職，讓他全家都留在燕國。這個人姓常名煒，是個不可多得的人才，有他在薊城給大王為內應，以後燕國境內的動向，大王也就可以瞭若指掌了。」

「軍師真是不虛此行啊，去一次薊城，竟然收穫如此之大。」唐一明誇讚道。

王猛笑道：「大王過獎了。大王，慕容儁已經取消了擴軍的聖

旨，將之前所徵召的二十萬兵勇全部歸還於民，還減輕了一些稅收；另外，慕容垂率軍平定了塞外的敕勒叛亂，排除了燕國的不安定因素。」

「慕容俊如此做，倒是讓燕國的氣息多了幾年。慕容恪又有什麼動向？」唐一明問。

王猛道：「慕容恪已經成為燕國的實際統帥，慕容俊將慕容評封為太傅，留守京師，將攻打秦國的重擔放在慕容恪的肩膀上，來年開春時就會對秦國用兵。大王，慕容俊還給了大王一道口諭，讓大王為其鍛造兵器戰甲，說是明年會派人來取。」

「嗯，我原本就想用兵器戰甲和燕國換取一些糧食。軍師，兵工廠在這個月裏已經鍛造好火炮，我親自試過，威力比炸藥還要勇猛，而且用起來也不用那麼麻煩，明天我帶軍師看看火炮的威力，以後這些火炮就是我們專有的武器。」唐一明聽了說道。

王猛不知道火炮是什麼玩意，聽唐一明說比炸藥還要厲害，便高興地說：「大王，如今我們已經投降大燕，奪取青州和徐州的戰略，是不是還繼續進行？」

「當然還要進行，聯姻只能暫時穩定一段時間，等燕國一旦向秦國開戰，我們發展的時機就來了。投降是為了要讓燕國對我們放鬆警惕，讓他們毫無顧忌地去攻打秦國，我已經想好了，明年不是燕國使節會來嗎？我們就送給燕國一批武器裝備，只要他們用上癮了，就再也離不開我們了，到時候我們可以乘勢佔據青州，就可以大力發展我們的地盤，將所有抵抗的燕軍全部趕出青州，然後將青州南部、泰山郡和徐州北部連接起來，建立一個真正屬於我們自己的王國。」唐一明規劃著未來道。

王猛思索了一下，說：「大王，此事事關重大，不宜對外人提起，必須秘密進行。皇甫真鎮守青州，青州的駐軍都是能征慣戰之輩，一旦燕國和秦國開戰，這些部隊就會被派往西進的路上，剩下少量的駐軍絕對不是我軍的對手，佔據青州只是個時間問題罷了。」

唐一明老謀深算地道：「軍師在薊城的時候，我已經派姚襄帶著騎兵騷擾青州，並且取得七戰七捷的優良戰績，並掠奪了一批燕軍的物資，咱們的軍械庫裏放著成堆的炸藥，我要將這些東西作為提親的禮物送給慕容俊。慕容俊肯定會坐不住，加快攻打秦國的腳步，我估計年一過完，燕軍就會向秦國開戰。」

「大王，那什麼時候去提親合適呢？」王猛問。

唐一明笑道：「越快越好，反正慕容靈秀是不準備回燕國了，我就在這裏和她完婚，完婚後就上奏慕容俊，那時生米已經煮成熟飯，也不怕他再有什麼變卦。」

「好吧，那明天我就讓王簡帶著宇文通去燕國獻上提親的禮物。」王猛道。

這時，王猛從懷中掏出一塊布，雙手捧著對唐一明道：「大王兩次大婚我都沒有送上賀禮，此次大王與大燕國的公主成親，意義重大，我必須獻上賀禮，還請大王笑納。」

「軍師，咱們是兄弟，你何必這樣客氣呢？這……這是什麼？」說話間，唐一明接過布，問道。

王猛道：「大王打開之後，一看便知，這份賀禮雖然說不上貴重，卻足以使大王開心。」

「哦？有這麼神奇？那我一定要打開來看看。」唐一明說道。

他打開布，映入眼簾的卻是一幅地圖。

「大王，那些大大小小的朱砂點，便代表著燕國駐軍所在的位置。」王猛解釋道。

唐一明流覽著地圖，喜出望外地說道：「軍師，你這次去薊城真是勞苦功高，謝謝你，我很滿意。」

王猛道：「這些是黃河以北的燕國軍隊的位置圖，雖然只是局部而已，但是圖上足以說明一個問題，燕國所佔領的全部都是重要城池，而且留守的駐軍卻散佈在各地，各個駐軍之間相隔不遠，此種配置法實在是十分嚴謹，能夠佈置此法的，除了慕容恪外，別無他人。」

第九章

漢王大婚

唐一明便將慕容靈秀攔腰抱起，慕容靈秀挽著他的脖子，
兩個人相視一笑，緩緩朝床邊走了過去。
唐一明將慕容靈秀放在床上，伸手解開她的衣衫，
將她美麗的身體看了個遍。
春夜了無痕，外面風雪依舊，亂世仍在繼續……

唐一明仔細地看了眼地圖，見鄴城周圍有著密密麻麻的小點，星羅棋布，思索道：「此種佈置法，是希望一方有難八方支援，而且各地之間相距又不遠，就算是別的地方受到攻擊，其他臨近的駐軍也會前去支援，在短時間內便可以迅速集結成一支大軍。軍師，你可是替咱們立了一個大功啊！」

王猛謙虛地道：「替大王辦事，本來就是我的職責。大王，如今你已是齊王了，雖然是燕國敕封，也應該有王的禮儀，整個泰山郡都是我們的了，大王也不用再東躲西藏，可以將一部分民眾移出泰山，到附近縣裏居住，一來可以讓燕國看到這一切，認為我們真的是安居樂業了，二來則可開墾出更多的荒地來，以後便可自產自足。」

「嗯，既然軍師回來了，那這些事情就交給軍師去做吧。軍師，晚上我設宴款待軍師，並且將迎娶之事公諸於眾。」唐一明道。

王猛婉謝道：「主公，款待就不必了，如今糧食短缺，還是不要鋪張浪費的好。」

「哈哈，你放心，絕對不會鋪張浪費。這宴席有三層意思：第一是為了迎接軍師歸來，第二層則是慶祝我即將成婚，第三層嘛……則是按照軍師所說，舉行一個稱王大會。此王非彼王，燕國封我為齊王，那是他們的事，我對內稱漢王，這個王是咱們自己的王，並非任何人所封。」唐一明道。

王猛點頭道：「嗯，那就依大王之見辦理。」

兩人商定後，便命人將各機要之人請到將軍府來。

入夜後，將軍府裏滿堂賓客，文武各坐兩邊。

「諸位！今日召集眾位，是有三件事要宣布。」唐一明高聲道。

「主公，是哪三件事啊？」李老四忍不住問道。

唐一明說：「呵呵，別急。第一件事，從今天起，我正式即王位，立國為漢，以後我就是漢王。」

眾人聽了，臉上都是大喜，異口同聲地祝賀說：「恭喜大王，賀喜大王！」

「大王，你早就應該如此了，就連那些蠻夷都這個王那個王

的，有的還稱帝，大王要是不稱王，怎麼對得起咱們的祖宗啊。」趙全鼓吹說。

唐一明笑道：「既然大家都沒有什麼意見，那我就接著宣布第二件事。」

「大王，有什麼事您儘管說吧，我們兄弟都聽著呢。」李老四叫道。

唐一明道：「大家都知道，自從王猛擔任軍師以來，一直是兢兢業業，也從未出現過任何紕漏，只是軍師一直是個虛職，名不正則言不順，我想讓軍師擔任相國一職，掌管國中大小事務，一切難以決斷的事情都可以向軍師稟報。」

眾人聽了，立即異口同聲說道：「軍師勞苦功高，理應當此職位，我等絕無異議。」

唐一明聽了，說：「好！另外，軍隊制度不變，以前我讓你們擔任軍職，卻沒有軍銜，此次我要頒發幾個軍銜……」

「大王，俺老是聽你說軍銜軍銜，到底什麼是軍銜，有什麼用啊？」陶豹打斷了唐一明的話，好奇地問道。

唐一明解釋道：「軍銜是指軍隊中對不同職務的軍人授予的等級稱號，一般分為帥、將、校、尉、士官、士兵六等，每級再細分數級。軍銜制度的意義，在於提高軍人的榮譽感和責任心，加強軍隊的組織紀律性，方便部隊的指揮與管理。這下你們懂了嗎？」

在座的人，有些懂了，有些卻一知半解的，不停地搖頭。

唐一明換了個說法：「你們知道大將軍這個官職吧？」

眾人點點頭。

唐一明解釋道：「既然如此，那你們所擔任的軍長、師長、團長這些職務，就是和大將軍的官職等同。軍銜制度就相當於是對你們的額外封賞，和封侯的意思差不多，是一種榮譽的象徵，這下你們懂了吧？」

「都懂了！原來大王是要給我們封侯啊，真沒想到俺也能當侯爺，哈哈哈！」陶豹偷笑道。

眾人聽了恍然大悟，也都十分興奮。

「好了，現在該進行正事了。現在我將軍銜一一說明清楚，讓你們明白。第一等為帥，其中分三等，為大元帥，中帥，少帥。第

二等為將，分大將，中將，少將。第三等為校，分大校，中校，少校。第四等為尉，分上尉，中尉，少尉。第五等是士官，分上士，中士，下士。第六等為士兵，分一等兵，二等兵。現在，我封姚襄為中將，黃大、黃二、李老四、劉三、李國柱、姚萇、趙亮為少將，金勇、趙全、關二牛、姚益、姚華、姚蘭為大校，陶豹、孫虎、宇文通為中校；其餘各團團長，不管是男兵還是女兵，都一律為少校，副團長為上尉，營長為中尉，副營長為少尉，排長為上士，副排長為中士，班長為下士，副班長為一等兵，所有士兵全部為二等兵。文官與此制度不同，待我和相國商議之後再行定奪。」唐一明宣布道。

在座的人皆齊聲道：「我等遵命，謝大王！」

唐一明又道：「第三件事是本王的婚事，我準備迎娶燕國的昭和公主，你們可有意見？」

眾人聽後，面面相覷，沒有人說話。

唐一明看了眾人的表情，鼓勵說道：「你們有話便說，不必忌諱。」

黃大搶先說道：「大王娶妻，本來我們不該橫加干涉，但是大王所娶的是燕國人，那些燕狗曾經殺害我們多少兄弟姐妹，與仇人成婚，屬下認為不妥。」

「是啊大王，你要娶也要娶個漢族的女人嘛，或者也可以娶個羌族女人，幹什麼一定要娶燕狗？難道是燕狗的女人比其他女人多了兩隻眼睛不成？」李老四叫嚷道。

王簡站出來，持反對意見說：「大王，屬下以為迎娶燕國公主也未嘗不可！」

李老四聽了，當即叫道：「王簡！你怎麼慫恿大王啊？」

王簡瞥了李老四一眼，冷冷說道：「你一個莽夫懂得什麼？大王若是娶了燕國公主，就等於和燕國聯姻，如此一來，燕帝怎麼可能派兵攻打自己的親戚？」

李老四瞪大了眼睛，臉上青筋暴起，怒道：「你……你敢說我是莽夫？你……你才是王八羔子養的膽小鬼，燕狗有什麼好怕的？讓他們派兵來打我們好了，老子還愁他們不來呢！要是來了，來多少老子就殺他多少！」

唐一明見李老四和王簡有吵起來的趨勢，急忙阻止道：「好了，都是一家人，何必吵吵鬧鬧的？每個人的想法不一樣，意見不合也很正常。我現在想聽聽其他人的意見。王凱，你是智謀之士，我從一開始就很倚重你，你跟隨我以來立下過無數功勞，雖然這些不比在戰場上殺敵，但是我一直銘記在心，我想聽聽你的意見。」

王凱答道：「大王，這事大王自己做主便可以了，要娶妻的是大王，並非我等。我認為大王的心裏早已有了主意，只是擔心會引來眾人的不滿，所以才會先詢問一下眾人的意見。大王，屬下相信大王決議絕對不會有損我軍聲威的。」

唐一明笑道：「哈哈，你果然是個聰慧之人，我沒有看錯你。你們也都不要說了，都聽我說。」

說到這裏，唐一明頓了頓，然後環視一周，看了看周圍人的臉上，當即說道：

「正如王局長所言，我確實已經思量了很久。我們佔據泰山有六個月了吧？這六個月來，我們同甘共苦，從最初的三五萬人一舉發展成四十多萬人，只是我們的實力還很薄弱，所以必要時，我們要暫收鋒芒，委曲求全。何況我迎娶燕國公主，並不是委曲求全，而是和燕國聯姻，在地位上是平等的。燕國的公主是燕帝慕容儁的親妹妹，我娶了她，就成了燕帝的妹夫，這種關係，也會保持我們和燕軍的一段和平，而我們現在所需要的，就是一段時期的和平。」

「大王，那麼這段和平會持續多久？鮮卑人都是野蠻人，根本不會任由我們在他們的眼皮底下晃來晃去。」李國杜反問道。

唐一明分析說：「和平不是燕國說的算，主動權還在我們的手中。我軍的炸藥是很有威力的武器，燕軍一旦嘗到甜頭後，肯定會很需要這樣的強大武器。以慕容恪的心計來看，一定會派人暗中留下一個炸藥來研究製造。可是這種東西，沒有接觸過它的人，根本不可能配製出來，所以燕軍就會對我們有所求，想借助我們生產的炸藥來幫他們打天下。

「自從燕國佔據中原以後，南方的晉朝就成為大敵，但是晉朝剛剛遭受了連續挫敗，元氣大傷，短時間內無法恢復過來，而燕國也沒有強大到對晉朝足以發動滅國之戰的實力，所以遠在關中的秦

國就成了燕國的首要目標。只要燕、秦開戰，我們供給燕軍炸藥，讓燕軍對我們有所依賴，便會保持這種和平。」

李國柱聽了，遲疑地問：「大王，屬下有一事不明，不知道當講不當講？」

唐一明抬抬手，說道：「你說吧。」

李國柱質問道：「大王曾經說過，我軍的戰略目標在黃河以南的青州和淮河以北的徐州，以及泰山郡周圍的兗州，只要佔據這三個地方，就足以鼎足天下，不知道大王是不是遺忘了？」

唐一明笑道：「我知道你的意思，你是想問，我是不是甘心擔當燕國的走狗，而失去了當初平定天下的雄心，是不是？」

李國柱點點頭，直視著唐一明。

「哈哈哈，你放心，我的雄心壯志一直沒有磨滅，也不會磨滅；我提出來的戰略目標也不會改變，我在等待時機。不瞞你們說，一個月前，我派軍師去燕國的國都薊城主動投降，便是為了能夠使燕國對我們放鬆警惕，鼓動燕國去攻打秦國。秦國的地盤雖然小，但是佔據的位置十分有利，所以燕國要發兵攻打秦國的話，至少需要一半以上的兵力。到那個時候，駐守青州的燕國士兵就會被抽調走，留下來的人又不足以抵抗我軍，我軍便可趁此機會奪占青州、徐州，將剛剛遷徙過來的民眾也一應搶奪，使得他們聽從我們的安排，這樣一來，我軍不但可以稱霸一方，也同時掠奪了百姓，何樂而不為呢。」唐一明娓娓說道。

眾人聽後，終於明白唐一明的計畫，紛紛佩服不已。

黃大心服口服地說：「原來大王早就謀劃好了，如果真能做到這樣的話，別說娶一個燕國公主，就算是娶三五個也無妨。」

「哈哈哈！大王，我就知道你不會讓我們失望的。」李老四撓著頭道。

唐一明道：「該說的我都說了，也給你們解釋得很清楚了，只要你們鐵心跟著我，我絕不會虧待你們，我會努力打造一個美好的未來。你們聽懂也好，沒有聽懂也罷，總之，你們都是我的好兄弟，每個人都是我的左右手，失去了誰都不行，因而迎娶燕國公主是勢在必行。」

眾人齊聲賀道：「恭喜大王，賀喜大王！」

唐一明見穩定住眾人浮躁的心思，扭頭望向王猛，王猛看到唐一明的眼神，當即會意，便朗聲道：

「大王有令！命王凱、宇文通二人為使臣，帶上三車炸藥、五車兵器和戰甲前去燕國國都提親，明日起程！」

王凱、宇文通齊聲答道：「屬下遵命！」

「好了，天色也不早了，你們都去休息吧。軍師，你留下來，我還有事要和你商議商議。」

眾人散去，就剩王猛獨自留下。

「大王，還有什麼事嗎？」

唐一明點點頭，道：「既然已經告知大家，那這兩天就可以舉行婚事了，此次婚事要辦得隆重一點，畢竟迎娶的是燕國的公主。我思來想去，婚事的安排還是得交給你。」

王猛笑道：「原來是這事啊，大王放心，我一定會把這樁婚事辦得熱熱鬧鬧的。」

唐一明不禁說道：「軍師，婚事既不能鋪張浪費，又要看起來隆重，未免有點難為你了！」

王猛搖搖頭，道：「大王放心，屬下必定竭盡全力，只是婚事不知道大王選在哪一天？」

唐一明道：「三天後！」

「十二月初五？」王猛問道。

唐一明點頭道：「嗯，就是十二月初五，因為我的生日也是這天。」

王猛聽了，喜道：「原來如此，既然是大王的生辰，那屬下就全心全意地辦理此事了。」

唐一明不禁心道：沒想到我竟會在古代過生日！

三天後。

泰山上無處不透著喜悅的氣氛，唐一明稱了漢王，加上迎娶新妻的消息傳遍了泰山上的每一個角落，所有的人都沾上一股喜氣，祝福自己的大王能婚姻美滿。

青羅幔帳，紅布為牆，偌大的將軍府裏，被裝扮成十分喜慶的婚姻殿堂。

大廳中央，唐一明牽著慕容靈秀的手，兩人都穿著紅色的新裝舉行了交拜之禮，之後便一起進入早已經準備好的洞房。

花燭之夜，所有人都額外吃到了平時很難吃到的肉。為了準備這場婚宴，劉三率領擅於射箭的弓箭手，在三天的時間裏進入深山打獵，將所有獵來的野物做成精心可口的美味。

一切都來得那麼順利，唐一明做夢也不會想到，他當初心儀的女子會真的成為他的妻子。

洞房內，唐一明坐在床沿上，伸手揭開了慕容靈秀頭上的紅蓋頭。慕容靈秀臉上薄施脂粉，眉梢眼角一雙水汪汪的眼睛仿如要滴出水來，似笑非笑地斜睨著唐一明。

她的樣貌雖然不及李蕊那麼漂亮，卻別有一番韻味，此時的她柔情似水，心中春意早已蕩漾不已。

兩人就這樣互相看著，沒有說一句話。

良久，慕容靈秀鬆開頸中的扣子，露出雪白的項頸和一條紅緞子的抹胸邊緣，慢慢鬆開綁著頭髮的紅頭繩，長髮直垂到腰間，柔絲如漆，嬌媚無限地道：「一明，你來抱我！」

桌上一個大花瓶中插滿了紅梅，床邊點著的兩支蠟燭均是紅色的，紅紅的燭火照在她紅撲撲的臉頰上，在唐一明看來確實是風韻十足。

此時是嚴冬天氣，屋外朔風大雪，洞房內卻是融融春暖。

「靈秀，今夜你將成為我的真正妻子了，我有一句話，不知道當問不當問？」唐一明將慕容靈秀攬在懷中，輕聲說道。

慕容靈秀斜躺在唐一明的懷中，雙手勾著他的脖頸，眼睛裏充滿柔情地道：「我已經是你的妻子了，還有什麼不好講的？」

唐一明艱澀地說：「如果有一天……我是說如果……我和你的哥哥刀兵相見了，你會怎麼做？是繼續跟隨我，還是回到你哥哥那裏？」

慕容靈秀眼神顯得有點遲疑，看著唐一明道：「你不是說投降我二哥了嗎？既然投降，你又成了我二哥的妹夫，又怎麼可能會跟他刀兵相見呢？」

唐一明嘴角揚起淡淡地笑容，說道：「你不懂……就算我成了他的妹夫，也決計不會成為你二哥的心腹。他現在之所以准降，是

因為要利用我，等我的利用價值沒有了，他絕容不下我，還可能會殺掉我。」

「不會的，我二哥絕不會是這種人的。」慕容靈秀驚恐地叫道。

唐一明道：「我聽說你二哥之前執意要將你遠嫁代國，為的是安撫代國，是不是？」

慕容靈秀垂著頭道：「正是因為這樣，我才逃了出來，因為我不想嫁給一個我從未見過而且沒有任何感情的人。」

唐一明道：「既然你二哥會將你遠嫁代國，那他就一定會像利用你一樣來安撫我，利用我。」

慕容靈秀眼神有點恍惚，喃喃自語道：「二哥他……真的會這樣做嗎？」

唐一明點點頭道：「這是遲早的事。我聽說你二哥曾經多次想殺害你五哥，連自己的兄弟都敢下手，何況是你這樣的一個妹妹呢？如果他真的對我下手了，我想知道，你到底是願意跟著我，還是願意回到燕國？」

慕容靈秀突然鬆開唐一明的脖子，臉上面帶憂色想了好一會兒，終於下定決心說道：「你們漢人有一句話，叫做『嫁雞隨雞嫁狗隨狗』，我既然選擇嫁給你了，就一定會跟著你。如果真有那麼一天，我不會回燕國，一定會跟在你的身邊，不管是死是活，我都要和你在一起。」

唐一明聽了慕容靈秀的話，將她緊緊地抱在懷裏，感動地說道：「你真是我的好妻子，今天是洞房之夜，春宵一刻值千金，我們可不能白白浪費這美好時光，那些煩惱的事，我們暫且把它拋在腦後吧！」

慕容靈秀勉強地笑了笑，說：「嗯。」

唐一明看出慕容靈秀心情並不是很好，便道：「都怪我破壞了你的心情，今天是我們新婚的日子，我找出了珍藏的酒，如果你現在心情還沒有好轉的話，那我們就喝喝酒，聊聊天，緩解一下心情，等有情致了，我們再上床休息不遲。」

慕容靈秀點點頭，甜蜜說道：「嗯，有你陪著我，我已經很開心了。」

唐一明牽著慕容靈秀的玉手，走到桌子前，倒了兩杯酒，將其中一杯遞到慕容靈秀的手上，說道：「親愛的老婆，來，我們喝杯交杯酒。」

慕容靈秀接過酒杯，和唐一明手臂相互纏繞，然後將酒喝了。

一杯酒下肚，兩人的臉上都出現了微微的紅暈。唐一明並不愛喝酒，一喝酒就會醉，還好古代的酒濃度較低，他還能喝幾杯。

慕容靈秀臉上泛紅則是因為害羞，她第一次和一個男人共處一室，而且一會兒還要成為他的女人，不免心頭小鹿亂撞，羞澀萬分。

房間外面雖然是風雪天氣，但是因為這幾日山下的煤礦已經運送到山上來了，暖氣又能夠供應起來，所以房間裏十分溫暖。兩人又喝了三杯，身上早已經感受到熱度。

唐一明脫下厚厚的棉衣，只穿著單薄的內衣，將兩隻粗壯的胳膊展現在慕容靈秀的面前。慕容靈秀身體不禁發熱起來，不自覺將衣領拉開了一點，紅色的抹胸盡皆顯露出來。

「奇怪，房間裏沒有生火，為什麼會如此溫暖？」慕容靈秀好奇地問道。

唐一明呵呵笑道：「這就是你老公我的聰明之處啦，我讓人造了暖氣，山上所有的人冬天裏都不用害怕寒冷。前幾天是因為煤礦沒有送到山上來，後山的爐子差點熄了火，所以你感受不到溫暖。」

慕容靈秀似懂非懂，嫣然一笑道：「今天是洞房花燭夜，我們不能乾坐在這裏喝酒，天色也不早了，還是早點休息吧。」

唐一明點點頭，道：「好。」

說話間，唐一明便將慕容靈秀攔腰抱起，慕容靈秀挽著他的脖子，兩個人相視一笑，緩緩朝床邊走了過去。

唐一明將慕容靈秀放在床上，伸手解開她的衣衫，將她美麗的身體看了個遍。

春夜了無痕，外面風雪依舊，亂世仍在繼續……

一聲驚雷，帶走了嚴冬的寒冷，換來的是春意盎然的生機。

二月份的泰山依然披著蕭索的冬裝，疏虯的枯枝、蒼翠的青

松、枯黃的灌木、裸露的岩石構成了一幅蒼朗的山景。殘雪被風乾了，或斑斑駁駁地鋪撒在山坡上，或如銀瀑倒掛在跌宕的澗溪中。

唐一明站在泰山之巔，放眼看著眼前的景色，多了幾分惆悵，幾分哀愁。

「唉！」唐一明重重地嘆了口氣。

王猛站在唐一明的身後，聽到他如此長吁短嘆的，不禁問道：「大王可是有什麼煩心之事嗎？」

唐一明點點頭，道：「這裏沒有外人，就只有你我兩人，我便也不瞞你。去年十二月開始一直到現在，泰山經歷過三個月的嚴冬，雖說大家都不覺得冷，可是太平靜了，我突然感覺到十分空虛。以前老是想著該怎麼生存下去，現在這樣衣食無憂的，反倒讓我覺得有點不自在了。」

王猛呵呵笑道：「大王，你別急，嚴冬已過，暖春即將到來，你看！這些原本被冰雪覆蓋的地方，不是都露出了原來的面貌嗎？大王，平靜的日子要過去了，過不多久，燕國那邊就會來人，到時候，大王就可以轟轟烈烈地幹出一番大事業了。」

「嗯，熬了快一年，這次終於可以帶領大家走出泰山了。」唐一明期許道。

王猛雙手揣在袖筒裏，緩緩說道：「大王，據關二牛打探的消息，四十萬燕軍已經全部集結在洛陽，由慕容恪統領，看來燕國是準備開始對秦國用兵了，只需燕軍和秦軍開戰一個月，我們就可以有所動作了。」

唐一明嗯了聲，問道：「對了，姚襄在泰山郡怎麼樣？」

「這個姚襄果然很有領導才能，大王調撥過去的十萬民眾，讓他治理得井井有條。我本來以為羌人只會打仗，誰想到也有像姚襄這樣的人。大王，十萬民眾已經在泰山郡周圍開墾出不少土地，種植了許多作物，估計以後不愁吃喝了。」王猛回道。

「亂世的根本便在於大家沒有飯吃，只要大家都有飯吃了，又何必再去作亂呢？姚襄既然有如此才能，軍師以後還要多多提點才是，民政這一塊不是我的強項，只能依靠軍師了。」唐一明交代道。

王猛道：「大王放心，景略必定竭盡全力做好分內之事。」

「呵呵，我們看過日出，也該下山了，我們走吧。」唐一明轉過身子，道。

「是，大王。」

下了山，唐一明和王猛便一起進入將軍府。

將軍府裏，趙全坐在大廳的椅子上，臉上顯得很是焦急。一見到唐一明和王猛走進來，立刻站起來道：「大王、相國，你們可回來了，屬下等你們等得真辛苦啊。」

唐一明道：「等我們？等我們做什麼？」

趙全急道：「大王，關二牛派人來報，燕國使臣帶著一批人來了，現在已經進入泰山，正在山下等候大王的接見。」

「哦？來得好快啊。」王猛詫異地道。

唐一明笑道：「說曹操，曹操就到，不過，如此最好，省得我們等得那麼焦心了。走，你們都隨我到葫蘆谷見一見燕國使臣。」

「是，大王！」王猛、趙全齊聲答道。

泰山山腳下的葫蘆谷，已經成為接見外來人員的重要之地。自從唐一明讓姚襄帶著十萬民眾和他的羌族部隊遷徙到泰山郡居住後，葫蘆谷便閒置下來。可是葫蘆谷原先的建築不能浪費，所以唐一明就派人稍微修飾一番，將之修建成像驛站一樣的地方，專門用來接待外賓。

第十章

引蛇出洞

呼延絕聽唐一明一下子喊出他的名字，吃驚不已。
他仔細看了看孫虎，覺得他很面熟，
思來想去才恍然大悟，那孫虎正是白天幫他送信的少年。
原來，這一切都是唐一明事先安排好的圈套，
目的就是為了引蛇出洞。

葫蘆谷裏。

大廳中坐著一個穿著華麗的中年男子，中年男子留著一個山羊鬍，左邊臉頰上有一道很深的刀疤，目光炯炯有神，端坐在那裏顯得極為威嚴。

刀疤臉掃視大廳一眼，見大廳雖然經過一番整理，卻顯得很是簡陋，除了幾張像樣的桌椅之外，便再也找不到任何讓他滿意的裝飾品。

「你們大王就是這樣的待客之道嗎？本將軍可是大燕使臣，能夠屈尊到你們這個小小的地方，是你們的榮幸，可你們大王卻避而不見，這是何道理？」刀疤臉急不可耐地大聲叫道。

門外的守衛聽到聲音，便進來一個人，向刀疤臉斥道：

「我家大王畢竟是大王，你的官再大，也不比我家大王和皇帝陛下親，你可別忘了，我家大王還是你們大燕皇帝陛下的妹夫，大王本來就很忙，平常就像這等小事很少見客，我們師長已經去通報了，從山下到山上要走很長一段路，你耐心等一會兒就是了，在那裏吵什麼？」

刀疤臉當下大怒，從坐椅上站起來，指著這個人道：「混賬東西，老子是堂堂大燕國的左將軍，你只不過是個小小的衛士，也敢這樣和本將軍叫囂？左右給我拉出去砍了。」

站在刀疤臉身後的幾個大燕武士面面相覷，遲遲沒有動作。與此同時，從門外衝進來十幾個手持利器的士兵，這些士兵都是唐一明的部下，容不得有人在此撒野。

十幾個士兵將大廳門口堵得嚴嚴實實的，長戟林立，對準大廳裏的刀疤臉和大燕國的武士。

「你是大燕國的將軍，不是我們的將軍，你可別忘了你所在之處是什麼地方，是我們漢王的地盤！漢王的地盤上還容不得你們撒野！」那個人說道。

「你……你……你好大的膽子……你叫什麼名字？等一會兒見了你們漢王，我定要他問你的罪。你如此以下犯上，辱沒上官，在我們大燕，死百次不足以解恨。」刀疤臉指著那個人說道。

那人冷笑一聲，道：「行不更名，坐不改姓，我叫楊元。也請你記住，這裏不是你大燕國，我等敬你是使臣，所以對你很

是尊敬，不想你竟然口出不遜，要是你再這樣，也別怪我等不客氣！」

楊元是唐一明欽點的弼馬溫，自打姚襄帶著羌人來，他就和所有的士兵遷徙走了。現在姚襄走了，所以唐一明把楊元給派來，還由他管理葫蘆谷。只是這次讓他管理的是葫蘆谷裏的驛站和士兵，並非是馬匹。

正當楊元和刀疤臉僵持不下之時，聽見了一聲爽朗的笑聲。

「好啊，沒想到我的部隊裏還有這樣的士兵。」

漢兵聽到這熟悉的聲音，心頭都是一震，紛紛收起手中的長戟，列隊兩旁，敬禮喊道：「恭迎大王！」

唐一明、王猛、趙全站在大廳外，也目睹了剛才的那一幕。刀疤臉看見唐一明，急忙向前躬身道：「大燕使臣左將軍慕輿幹參見漢王。」

「楊元，你過來！」

唐一明朝楊元招了招手，沒有理會刀疤臉。

楊元低著頭，徑直走到唐一明面前，低聲說道：「大王，這件事都是屬下一個人的錯，與眾位兄弟無關，還請大王責罰。」

「哼，沒想到你還挺講義氣的啊，不過，你辱沒上官的罪是不得不罰的。漢王，下官請漢王將這個目中無人的楊元治罪，按照大燕律令，應當處死。」慕輿幹叫道。

唐一明看向慕輿幹，冷冷說道：「怎麼治罪是我們漢軍的事，與你無關。」

慕輿幹心中雖有怒氣，但是見唐一明極有威嚴，便不敢吭聲。

唐一明對楊元道：「好樣的，我的軍隊裏就要有像你這樣的兵。你現在是排長吧？」

楊元點點頭，答道：「是的大王。」

唐一明對趙全說道：「趙全，我看你是不是少個參謀長？楊元忠心為主，踏實能幹，再加上你很精明，你們兩人若是經常待在一起，必能做出讓人刮目相看的成績來。我看，楊元就給你做參謀長吧。」

趙全立即應聲道：「屬下遵命。」

「謝大王提拔！」楊元歡喜地說。

唐一明下令道：「好了，你們都散了吧，本王還要會一會這大燕的使臣。」

「是，大王！」眾人齊聲答道。

眾人散去，唐一明看了眼站在大廳裏的慕輿幹，問道：

「你……你剛才說你叫什麼？」

慕輿幹此時一肚子的氣，他在薊城好好的，卻突然接到這個命令，本來不想來，可礙於慕輿根的面子，只好硬著頭皮來，冒著嚴寒從薊城一路來到了泰山。一向養尊處優的他，何曾受過這樣的鳥氣！

慕輿幹冷冷說道：「漢王真是貴人多忘事啊，下官才剛剛說了名字沒多久，漢王就不記得了。下官大燕使臣左將軍慕輿幹參見漢王。」

唐一明聽了，呵呵笑道：「原來是左將軍到了，我聽說燕國有八大將，其中一個叫慕輿根，你和他的名字只差一個字，不知道你們是什麼關係？」

慕輿幹道：「慕輿根正是下官的堂兄，難得漢王還記得我們燕國的人啊。」

「當然記得，怎麼會不記得呢？只是不記得像你這樣的無名之輩罷了。對了，陛下派你來幹什麼？」唐一明譏刺道。

慕輿幹心中怒意大起，卻不敢發作，因為大廳外面有許多士兵站著，他可不敢和自己的小命過不去。

唐一明看了王猛一眼，便道：「此次陛下派我前來，是來裝運武器裝備的，大隊人馬明日便到，我今天是打個頭站。」

「武器裝備？什麼武器裝備？」唐一明裝糊塗地道。

慕輿幹愣了一下，急忙說道：「漢王是極有威嚴的人，說話應該是一言九鼎才對，當初漢王的軍師王先生確實是這樣跟陛下說的，所以陛下才派我們來裝運武器裝備，漢王怎麼能說不知道呢？」

唐一明看了王猛一眼，問道：「王相國，有這等事？」

王猛配合著說：「啟稟大王，確有此事。只是當初屬下是說用糧食來換，並非是讓他們隨便裝運。回來之後，屬下一直很忙，所以沒有來得及跟大王說，還請大王見諒。」

唐一明道：「哦，既然是你說的，那就沒有什麼問題了，你的話就等於我的話。慕將軍，你都聽見了，不知道你這次帶來多少糧食？」

「糧食？陛下只吩咐我前來裝運軍火，卻沒有說唐一明會要糧食來換啊？我可是一點糧食都沒有帶，如果裝運不到武器送到洛陽，只怕我的腦袋也要掉了，這該怎麼辦啊？」慕輿幹心中糾結地想道，皺著眉頭，半天沒有說話。

「怎麼？莫不是將軍想白白取走？天下哪有這等好事？本王的領地雖然很少，可是本王的百姓日夜加工這麼多的武器裝備，沒有功勞也有苦勞啊，如果就憑將軍一句話，說運走就運走，只怕本王的王位也該坐不長久了。」唐一明道。

慕輿幹支吾道：「這個嘛……陛下沒有吩咐我運糧食來，我還以為你們都說好了呢。漢王，現在這種地步，不如先讓我把武器裝車，之後我再補上糧食，如何？」

唐一明反問道：「將軍，你覺得這話你自己相信嗎？」

慕輿幹尷尬地道：「這個……」

王猛此時建言道：「慕將軍，不如這樣吧，此地離濟南城只有半天路程，看在你是第一次到我們泰山來，也看在我和慕輿根大人有點交情的分上，這回就給你一次例外，你用一車糧食換一車武器裝備，這樣你覺得怎麼樣？」

「不行不行，自古鹽鐵都是國家之根本，一車的武器裝備可比一車糧食值錢多了，怎麼能這樣換呢？據我所知，大燕國的武器裝備可是一車換三車糧食，我漢軍的武器裝備可要比你們的鋒利和堅固多了，這樣的武器，一車至少可以換六車糧食。」唐一明不同意。

慕輿幹為難地說：「這……這讓我如何是好？」

王猛敲邊鼓道：「大王，不如這樣，反正我們是第一次跟燕國做買賣，一回生二回熟，第一次就少換點糧食，一車武器換兩車糧食，何況我們現在的糧食也消耗完了，再沒有糧食的話，我們吃什麼？大王覺得呢？」

慕輿幹聽到王猛的話，心中竊喜，想道：「果然不出兄長所料，泰山果然沒有糧食了，看來他們以後還要依靠我大燕，沒有

糧食他們怎麼活？總之，先弄出第一批武器再說，反正兄長早有謀劃。」

唐一明裝出一副十分委屈的樣子說道：「好吧，那就依相國所言。慕將軍，一車武器換兩車糧食，你覺得如何？」

慕輿幹討價還價道：「漢王，去年大旱，燕國大部分農田都是顆粒無收，所以糧食也很緊縮，濟南城雖然有屯糧，但是也實在弄不出許多來，我看還是一車糧食換一車武器，您是陛下的妹夫，跟陛下是一家人，以後要是沒有糧食了，就向陛下要，陛下肯定不會虧待漢王的。這次我確實沒有運來糧食，就請漢王讓一步，如何？」

唐一明勉強道：「好吧，那就這樣吧。趙全，好生招待將軍。相國，咱們還有要事要辦，這就走吧。」

「是。」王猛、趙全答道。

走出大廳，唐一明便對王猛說：「軍師，慕輿幹此人的戲演得倒是不錯啊，看來果然不出軍師所料，燕國是故意跟我們打哈哈的。」

王猛胸有成竹地道：「大王放心，所有的事情都準備好了，只等明天他們來換取武器了。」

唐一明笑了笑，和王猛並肩走出葫蘆谷。

葫蘆谷的驛站裏，慕輿幹將幾個貼身武士都叫到自己的房裏，等眾人都到齊了，便說：「你們都是我大燕國的武士，此次鎮國公讓你們隨我一起出來，是怎麼交代的，你們還清楚嗎？」

一個身材乾瘦，面色蠟黃的人站了出來，向慕輿幹拱了拱手道：「將軍，您不必多說，這些都是精挑細選的武士，對大燕更是忠心不二，鎮國公吩咐過，讓我們一切聽從將軍的安排。」

慕輿幹滿意地道：「很好。呼延絕，我聽說你的哥哥呼延毒曾經來過泰山，後來被殺害了，這次你到泰山，就放開膽子幹吧，事成之後，就可以替你哥哥報仇！」

那個面色蠟黃，身材乾瘦的漢子，便是以前燕國第一刺客呼延毒的弟弟，一直在鎮國公慕輿根手下當差，呼延毒曾奉大將軍慕容恪之命秘密潛入泰山，不想卻被唐一明設計殺死，並且暴屍荒野，

所以呼延絕心裏一直對唐一明十分仇視。

此次慕輿幹為使臣到泰山，慕輿根特別交代過，讓慕輿幹小心行事，務必要將泰山上的虛實摸清楚，所以讓呼延絕帶著幾名得力的武士跟隨慕輿幹前來。

其實，慕輿幹的主要目的不是刺殺，也不是搞破壞，而是收集情報，並且以偷取炸藥的配方為主要目的。

呼延絕面色陰鬱，冷冷地說道：「將軍，你放心，等入夜後，我就帶人上山，裏裏外外地都探查一遍。」

慕輿幹點點頭，伸出手拍了拍呼延絕的肩膀，說道：

「呵呵，上午咱們可算是丟盡了人，我為你做出這麼大的犧牲，讓漢軍對咱們降低了防備，接下來就要看你的了。陛下和鎮國公吩咐過，務必要找到炸藥的配方；至於濟南方面，我已經跟他們打過招呼，讓他們三天按兵不動，如此一來，你們就有三天的時間可用了。」

「將軍受累了，剩下的事就交給我等來做吧。我雖然不懂得哥哥的易容之術，但是我自幼跟著哥哥學藝，身上的功夫卻不敢疏忽，刺探軍情本就是我的職責。」呼延絕自告奮勇道。

慕輿幹呵呵笑道：「大丈夫能屈能伸，這點小事算什麼！不過，你們一定要秘密行事，千萬不能打草驚蛇，不然的話，我就陷入被動了。」

呼延絕重重地點了點頭，扭臉對身後的武士說道：「將軍的話，你們都聽見了嗎？」

「聽見了！」幾名武士同時答道。

呼延絕道：「好，既然如此，那入夜後大家都小心行事，現在都回房休息吧。」

幾名武士便恭敬地向呼延絕和慕輿幹拜道：「我等告退！」

慕輿幹等到幾名武士退走後，又對呼延絕道：

「我還有一件事要交代你。公主是唐一明的妻子，自從嫁給唐一明以來，便很少有書信送回薊城，陛下很是擔心，你要是能夠碰見公主，就告訴她，陛下很想她，讓她幫陛下從唐一明的手裏弄出炸藥的配方，這也可省去你很多麻煩。我身為大燕使臣，本來是可以要求見見公主的，但是如此一來，我怕別人產生懷疑，所以只有

讓你秘密去見公主了。」

呼延絕一口應承道：「將軍放心，末將會見機行事。」

慕輿幹擺擺手道：「好，你先去歇著吧，讓我一個人靜一靜。」

「末將告退。」

慕輿幹關上房門，躺在床上，自言自語說道：「兄長的計策不知道能不能成功，如果真的能夠把炸藥的配方給弄來，那我們大燕以後就不用發愁了。縱使唐一明是陛下的妹夫，陛下也絕對不會放過他的。青州一戰讓我大燕損失數萬將士，實在是太慘痛了，這件事陛下一直耿耿於懷，我必須竭力完成陛下所交托的任務，只有如此，我大燕才能長盛不衰啊。」

夜幕拉下，萬籟俱寂。

二更天過後，泰山上除了正常巡邏的幾隊士兵外，再也聽不到其他的聲音。

二月的天氣雖然已經是嚴冬的末期，但是夜晚還是十分的寒冷，沒有人願意離開暖烘烘的被窩，在外面遊逛。

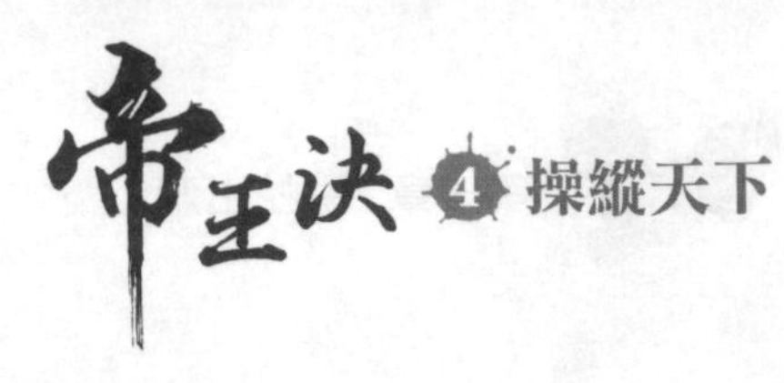

皓月當空，大地被籠上了一層銀灰。將軍府外，一隊巡邏的漢軍士兵剛剛走過，便見一個黑影翻越了牆頭，縱身跳了進去。

將軍府中一片寂靜，所有的房間都沒有一點星火。

那個黑影躡手躡腳地走到了房廊下面，輕輕地在第三間房門上敲了三長兩短。

隨後，房門開了，慕容靈秀從房門裏走了出來，將那個黑影帶進房間，又在門口左右看了看，沒有看見任何人，這才將房門重新關上。

她轉過身子，那個黑影站在窗戶邊，映著皎潔的月光，依稀看見那張黑影消瘦的臉龐。

「屬下呼延絕參見公主！」

「呼延絕？莫不是鎮國公府中的武士？」慕容靈秀輕聲問道。

那黑影果然便是呼延絕，白天的時候，他秘密寫了一張紙條，讓人塞給慕容靈秀，說是今晚二更的時候會來尋訪，這才有了慕容靈秀給他開門的事。

呼延絕聽慕容靈秀如此問，心中很是歡喜，說道：「原來公主還記得屬下，這就好辦了。」

「你不在鎮國公府中待著，來這裏幹什麼？還搞得如此神秘？」慕容靈秀狐疑地問道。

呼延絕道：「公主，你有所不知，屬下是跟隨左將軍慕輿幹來的，他是陛下派來的使者。」

「哦？慕輿幹也捨得出門啦？」慕容靈秀冷笑一聲，道。

呼延絕正色道：「公主說笑了，左將軍犯險來此實屬不易，公主就不要取笑左將軍了。」

「哼！慕輿幹要不是仰仗著鎮國公，連個將軍都當不上。對了，你字條上說有要事找我商量，到底是什麼事，一定要深夜造訪？」慕容靈秀質問道。

呼延絕萬般不得已，說道：「公主，屬下也是出於無奈啊。左將軍名為使節，實際上是奉了陛下之命前來刺探軍情，不得不小心行事。」

「你……你說什麼？刺探軍情？二哥怎麼會讓你們到這裏來刺探軍情？難道……難道二哥一直沒有把漢王當成他的妹夫嗎？」慕

容靈秀驚道。

呼延絕為難地道：「這個……公主，不是這樣的，陛下讓我們來，主要是為了一樣東西，而這樣東西只有這裏有，所以希望我們能利用這次擔任使臣的時機順便將配方給偷取出來。」

「配方？什麼配方？」慕容靈秀問。

呼延絕道：「就是那個叫炸藥的東西，這東西威力驚人，陛下一直想把炸藥搞到手，所以……就派屬下等前來盜取。」

「炸藥？漢王不是答應給大燕供給炸藥嗎？你們為什麼還要來盜取？」慕容靈秀納悶地道。

「這個……這個屬下不知，屬下只是奉陛下命令前來，如此而已。」呼延絕答道。

慕容靈秀聽了，不禁說道：「你剛才說的要事，就是想讓我幫你盜取炸藥的配方？」

呼延絕點點頭，說：「公主英明！」

「這件事我就當做沒有聽見，也沒有看見，漢王待我不薄，我不能背叛他；但是你也是我大燕的人，我也不能出賣你，你走吧！」慕容靈秀痛苦地說。

呼延絕本以為慕容靈秀出身大燕皇室，再怎麼樣也會幫助自己的家人，可他萬萬沒有想到慕容靈秀會說出這樣的話來。他聽到慕容靈秀冷冷的話意，便知道她已經下定決心要跟著唐一明，而非再心向大燕了。

呼延絕忍不住勸道：「公主……你是陛下的妹妹，也是我大燕的公主，無論你走到哪裡，你的身體裏依然流著大燕皇室的血，這個事實是改變不了的；唐一明……不，是漢王，漢王雖然待公主不薄，可畢竟不如自己的家人親啊。據屬下所知，漢王迎娶公主時，前面已經有了兩位夫人，就算漢王現在對公主不薄，那也是因為公主年輕漂亮，一旦公主年老色衰之時，漢王還會喜歡公主嗎？再說，漢王投降陛下，是人都看得出來只不過是個權宜之計罷了，陛下既要安撫，又要防備……」

慕容靈秀打斷呼延絕的話，掩耳說道：「你別說了，你就算說得再怎麼動聽，我也聽不進去，我生是漢王的人，死是漢王的鬼，趁著現在夜裏人少，你還是回去吧，以後不要來找我了，回去告訴我二哥，叫他甭想再利用我來幫助他達成心願。」

呼延絕見慕容靈秀把話說得如此決絕，心知一時不可能改變她的想法，也不好再多說什麼，便向慕容靈秀拜了拜，然後細聲說道：「公主，屬下告退！」

話音一落，呼延絕轉身拉開門，朝院子裏走了去。

慕容靈秀呆坐在房間裏，看著呼延絕遠去的背影，心裏十分的難受。

「為什麼？為什麼二哥要這樣做？難道我的丈夫和我的哥哥就無法真正和睦地相處下去嗎？」慕容靈秀痛苦地道。

「啊……」

房間外突然傳來一聲大喊，喊聲過後，從四面八方擁出許多兵勇，手裏拿著火把，將整個將軍府照得燈火通明。

「是呼延絕的聲音嗎？」慕容靈秀聽到那聲大叫，忐忑不安地猜測道。

她立即站起身走出房門，看院子裏站滿了人，在東邊的牆根下，一張大網罩著一個人。仔細一看，正在網中掙扎的人不是呼延絕還能是誰？

她吃驚不已，環視一圈，看到人群中唐一明全副武裝正盯著她看，心中未免心虛，趕緊扭身走進房裏，將房門給關上。

「放開我！你們快放開我！」呼延絕在網裏掙扎著，大喊大叫地。

「放了你？我們憑什麼放了一個刺客？說，你是誰派來的？」陶豹手中提著那把破軍寶劍，將劍柄指著大網喝道。

「我……我不是刺客！」呼延絕叫道。

「不是刺客？不是刺客你幹什麼穿成這個樣子，還深夜跑到將軍府裏來？」陶豹厲聲問道。

呼延絕哼了一聲，不再辯解，說道：「隨便你們怎麼想，反正我不是刺客，我是無意中掉進去的！」

「胡說八道！呼延絕，你認識他嗎？」

唐一明從人群中擠了出來，指著孫虎對呼延絕說道。

呼延絕聽唐一明一下子便喊出他的名字，實在是吃驚不已。他仔細看了看孫虎，覺得他很面熟，思來想去才恍然大悟，那孫虎正是白天幫他送信的少年。

原來，這一切全都是唐一明事先就安排好的圈套，只不過為了讓這圈套更加真實性，所以並沒有先告訴慕容靈秀，目的就是為了引蛇出洞。

「你……你是怎麼知道我的名字的？」呼延絕問道。

唐一明呵呵笑道：「我在泰山上有多長時間了，你才來多久啊？你那點小伎倆，能矇騙過我嗎？你不承認沒有關係，我也不需要你承認。陶豹，把他拉出去砍了。」

呼延絕嘆了口氣，絕望地說道：「要殺便殺吧，我沒有什麼好囉唆的，只是我不能給我哥哥報仇了。唐一明，你等著，我做鬼也不會放過你的！」

唐一明呵呵笑道：「那好吧，那你就在陰曹地府裏等著我吧。黃大，將那幾個大燕武士一起帶過來，和呼延絕一塊處斬，然後將他們這幾人的人頭獻給慕輿幹！」

黃大「諾」了一聲，便帶著幾個人，拉起圍困呼延絕的那張

網，向將軍府外走了出去。

陶豹高興地說道：「大王，此事要不是我們早先知道，恐怕真的是後患無窮啊。」

唐一明嘆道：「是啊，這一切都應該感謝軍師，如果不是軍師的話，我們又怎麼能布下這個局，讓他們自投羅網呢？」

陶豹不解地問道：「大王，報信的明明是燕國那個叫常煒的人，怎麼要感謝軍師啊？」

孫虎在一旁聽到後，對陶豹說：「這你就不懂了，如果軍師沒有去薊城一趟的話，又怎麼可能會有人給我們通風報信呢？」

陶豹心領神會地道：「原來是這個樣子啊。」

唐一明道：「好了，既然人都抓到了，那你們就都退下吧，忙了一晚上，也該去歇息歇息了。明日一早隨我去見慕輿幹，我倒要看看他到底能裝到什麼時候！」

唐一明走到慕容靈秀的門前，伸手推門，門沒有開，原來是慕容靈秀從裏面把門給鎖上了。

「老婆，開門啊！」

「我憑什麼要給你開門？」

唐一明道歉說：「老婆，我知道是我不好，我不該利用你，可是我也是出於無奈啊，這些都是你二哥派來的人，我要是不這麼做，只怕以後你二哥會掉頭來對付我，你也不希望看到我和你二哥血流成河吧？」

門吱呀一聲開了。

唐一明看到慕容靈秀臉上還帶著微微的怒氣，當即將慕容靈秀給橫抱了起來，走進了房間。

「放我下來！」慕容靈秀喊道。

唐一明耍賴地道：「你是我老婆，我抱你都不行嗎？」

「哼，少來。你抓賊就抓賊，幹什麼要把我牽扯進來？你知道剛才我看到那一幕，心裏是什麼滋味嗎？」

慕容靈秀被唐一明抱到床上，一坐下便推開唐一明，微嗔道。

「嘿嘿，什麼滋味？」唐一明嬉皮笑臉地道。

慕容靈秀忿忿地道：「我有一種被耍的感覺，而且你的眼神似乎是在埋怨我……」

「怎麼會呢？我怎麼會埋怨你呢？我心疼你還來不及呢！如果今天不是你的話，我又怎麼能夠順利地抓到這幾個人呢？」唐一明一把攬住慕容靈秀，安撫道。

慕容靈秀好奇地道：「老公，你是怎麼知道他們的事情的？」

「這個……是個秘密，反正你二哥想對付我的話，我自有辦法對付他。」唐一明賣著關子道。

慕容靈秀猜道：「難道……難道你在大燕境內有安排細作？」

唐一明臉上笑而不答，只是抱著慕容靈秀，將他的嘴唇貼在慕容靈秀的紅唇上，深深地吻著她，所有的事都將之拋到腦後。

激吻過後，慕容靈秀好奇地問道：「老公，怎麼不見兩位姐姐的身影？」

「哦，她們都讓我遷到安全的地方去了，她們現在有身孕，需要小心照顧，可不能有一點閃失。」唐一明解釋道。

慕容靈秀依偎在唐一明懷中，說道：「老公，兩位姐姐都懷孕了，我也想為你生個孩子，你說好不好？」

「好啊，我最喜歡小孩了，你要是懷孕了，那我們家就更熱鬧了，哈哈哈！俗話說，不孝有三，無後為大，看來我不用發愁了。老婆，來，再親一個。」唐一明高興地說道。

慕容靈秀羞道：「老公，你好壞啊。」

初春的早晨還有點冷，唐一明便帶著陶豹、孫虎徑直下了山，朝葫蘆谷裏走去。

陶豹和孫虎的手裏各拎著一個布袋，布袋的底部已經被鮮血染紅，裏面裝的是呼延絕和那幾個大燕武士的首級。

葫蘆谷的驛站裏，慕輿幹在房中踱著步子。

「這呼延絕去了一夜，至今未歸，是不是遇到什麼意外了？如果他被抓到的話，我也脫不了干係，只怕這次我就是有來無回了。不行，我得儘快離開此地。」慕輿幹邊走邊自言自語地說道。

慕輿幹從床邊拿起隨身帶的一把匕首，慌慌張張地走出房間，來到驛站門口，見守門的漢兵正在有說有笑的，他定了定神，緩緩地朝外面走去。

「大人，今天好雅興啊，竟然起得這麼早？」楊元帶著一隊人巡邏經過，看見慕輿幹，客套地寒暄著。

「是你?!」慕輿驚見楊元，不禁吃了一驚。

楊元呵呵笑道：「是我，大人這是要去哪裡啊？」

「我去散散步，難道也不行嗎？」慕輿幹質問道。

楊元道：「大人是大燕國的使臣，散散步當然是可以的，可是我家大王早有交代，讓在下好生照顧大人，這泰山不比其他地方，到處都是凶猛的野獸，如果大人不小心走丟了，漢王那裏在下可不好交代。大人既然要散步，那在下就陪同大人一起去散散步，順便可以向大人介紹介紹這裏優美的景色。」

慕輿幹聽楊元要跟著他，心中暗暗想道：「這下我等於是被軟禁起來了，呼延絕至今未歸，看來也是凶多吉少。這泰山自從被唐一明佔據之後，外人就很少進入，這裏面到底藏著多少秘密，誰也不得而知；堂兄說的沒有錯，唐一明如果不除去，必定會成為我大燕國的後患。」

「哦，既然漢王想得如此周全，我在這裏謝過漢王了。」慕輿幹表面上客氣地說。

楊元道：「咦？大人，怎麼不見你的那幾個武士啊？」

慕輿幹心中一驚，急忙答道：「哦，他們啊，他們昨天喝多了，現在在房間裏睡覺呢。」

「恐怕未必吧！」

聲音從驛站外面傳來，唐一明、陶豹、孫虎三人緩緩向驛站走來。

「參見漢王！」楊元和身後的士兵同時說道。

慕輿幹看到唐一明來了，又見他身後的陶豹、孫虎兩人的手中拎著血淋淋的布袋，心中立即涼了一半。

他佯裝鎮定，拱手說道：「漢王！」

唐一明滿面春風地走過來，來到眾人面前，擺擺手，示意楊元帶著手下去忙他們的。楊元會意，帶著手下便走了。

「漢王今天怎麼起這麼早啊？」慕輿幹問。

唐一明笑道：「不敢不起早啊，怕起來晚了，就再也見不到將軍了。」

「怎麼會呢？我是大燕使臣，任務還沒有完成，怎麼會輕易離開呢？」慕輿幹道。

唐一明扭頭看了陶豹和孫虎一眼，陶豹、孫虎便將手中拎著的布袋給扔在地上，袋子的口打開，立時從袋子裏滾出幾顆人頭來。

慕輿幹微微掃了一眼，他的預感果然不幸成真，臉上卻鎮定地道：「漢王，你弄幾個人頭出來，是想嚇唬我嗎？」

唐一明道：「將軍，你可看清楚了，這些人似乎是你昨天帶來的武士吧？」

慕輿幹忍住心中悲痛，仔細地瞅著地上的人頭，見呼延絕幾人的人頭都是鮮血淋淋，眼睛圓睜，從那一雙雙眼裏，他似乎看到了呼延絕等人死前的恐懼。

「這……這是怎麼一回事？他們怎麼會突然死了？」慕輿幹驚慌失措地道。

唐一明回道：「將軍，你可別說你不知道這是怎麼一回事，你的手下三更半夜地突然出現在本王府上，鬼鬼祟祟不說，還攜帶利刃，這不是行刺還能是什麼？還好本王戒備森嚴，不然的話，你今天見到的，估計就是本王的人頭了。」

慕輿幹立即跪在地上喊冤道：「漢王請明察，這些人都是自告奮勇跟隨我前來的，他們昨夜喝完酒就走了，此事與我絕對沒有關係。」

唐一明反駁道：「你的手下前來行刺本王，你卻說這事和你沒有任何關係，這話連三歲的小孩都哄騙不了吧，麻煩你下次再說謊的時候，也要編個能夠使人信服的理由來。」

慕輿幹辯解道：「漢王明察，這事與我確實沒有任何關係，這些武士都是鎮國公派來的，至於他們是不是受了鎮國公的唆使，我就不得而知了。我只是負責出使，盡力完成陛下交托的任務，就算有十個膽子，我也絕對不敢讓人謀害您。漢王是大燕的駙馬，是陛下的妹夫，我就算再怎麼愚蠢，也不會蠢到這種地步啊。」

「將軍，你起來吧，我相信你就是了，看來是有人想陷害你，置你於死地啊。你既然是使臣，那就做使臣該做的事，我也希望你完成任務，這樣吧，你寫一封信，我讓人送到濟南城，讓他們拉著糧食來換裝備和武器，你說怎麼樣？」唐一明道。

慕輿幹無奈說道：「如此最好，如此最好。」

唐一明便轉身對身後的陶豹吩咐道：「陶豹，將軍的侍衛都已經死了，我擔心還有漏網之魚會來找將軍報復，派你這幾天就護衛在將軍左右，務必要保護好將軍的安全，千萬不能有任何閃失，知道了嗎？」

陶豹答道：「大王放心，屬下一定會好生保護將軍的。」

「完了，這下我是徹底被軟禁啦，看來堂兄的計策失算了，如果不是我夠機靈的話，恐怕也是凶多吉少啊。反正陛下給了我特權，既然唐一明的態度如此堅硬，那我也只能按照最壞的打算來了。」慕輿幹心中想道。

「漢王，下官感染風寒，身體不適，想回房休息了。」慕輿幹拱手道。

唐一明道：「將軍，那交易的事？」

慕輿幹道：「大王放心，我現在就給濟南太守寫信，讓他們準備好糧食。」

唐一明笑道：「如此最好，那辛苦將軍了。陶豹，既然將軍身體不適，你就送將軍回房吧。」

陶豹道：「是！」

唐一明看慕輿幹轉身走了，嘴角揚起一絲笑容，對孫虎說道：

「把這些人頭收拾一下，丟到後山，隨便挖個坑埋了吧。」

「是。」孫虎道。

「這個慕輿幹倒是很機靈，看來燕國的人才還真不少啊。」唐一明自語道。

請續看《帝王決》5 全面反撲

帝王決 4 操縱天下

作者：水鵬程
發行人：陳曉林
出版所：風雲時代出版股份有限公司
地址：10576台北市民生東路五段178號7樓之3
電話：(02) 2756-0949
傳真：(02) 2765-3799
執行主編：朱墨菲
美術設計：許惠芳
行銷企劃：邱琮傑、張慧卿、林安莉
業務總監：張瑋鳳

初版日期：2017年9月
初版二刷：2017年9月20日
版權授權：蔡雷平
ISBN ：978-986-352-487-8
風雲書網：http://www.eastbooks.com.tw
官方部落格：http://eastbooks.pixnet.net/blog
Facebook：http://www.facebook.com/h7560949
E-mail：h7560949@ms15.hinet.net
劃撥帳號：12043291
戶名：風雲時代出版股份有限公司

風雲發行所：33373桃園市龜山區公西村2鄰復興街304巷96號
電話：(03) 318-1378
傳真：(03) 318-1378
法律顧問：永然法律事務所 李永然律師
北辰著作權事務所 蕭雄淋律師

行政院新聞局局版台業字第3595號 營利事業統一編號22759935

定價：280元　特惠價：199 元

國家圖書館出版品預行編目資料

帝王決／水鵬程 著. -- 初版. -- 臺北市：
風雲時代，2017.07- 冊；公分

ISBN 978-986-352-487-8（第4冊；平裝）

857.7　　106009964

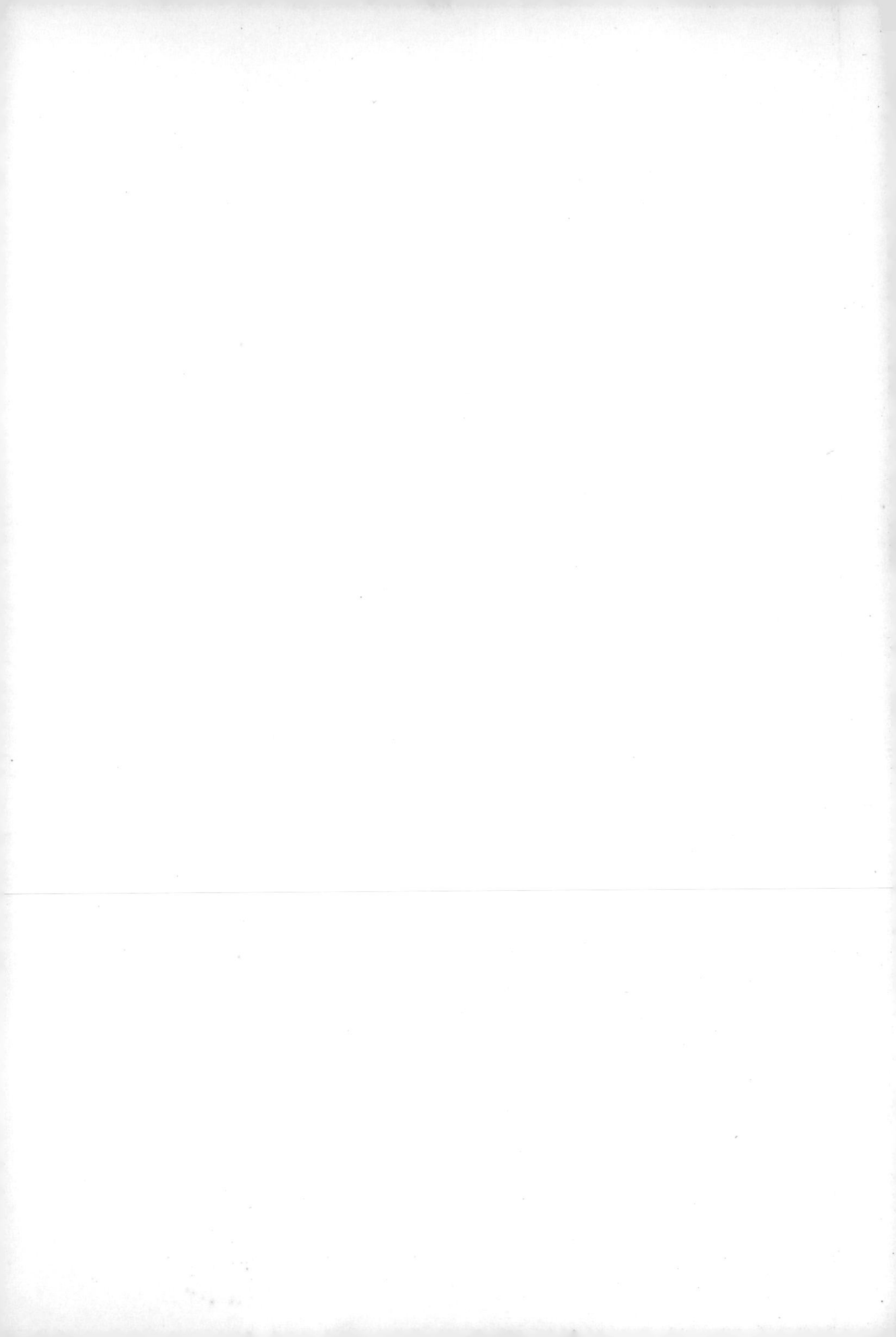